나는
오늘도
수련하러
갑니다

나는 오늘도 수련하러 갑니다

선무도•수련일지

김재덕 글
김태훈 그림

스토리닷

차례

들어가며

수련일지를 묶으며

이 책은 2005년도 골굴사에 입산하여 시작된 수련일지입니다. 골굴사에 입산하기 전 날 당시 선무도 서울본원장이셨던 아버지께서 노트 한 권을 챙겨주셨습니다. 수련하면서 배우고 보고 느낀 것을 기록하는 '수련일지'를 적는 것도 수련 중 하나라고 하셨습니다. 하루 수련을 마치고 작은 책상에 앉아 나만이 올리는 기도처럼 수련일지를 적어 나갔습니다. 때로는 간단한 메모, 때로는 일기 형태로 그날 그날 수련의 느낌을 기록했습니다. 골굴사 문주스님께서 특별히 새로운 동작을 알려주시면 그림으로 그려가며 일지를 작성했습니다.

수련일지에는 새로운 배움에 대한 설렘도 있지만 하루를 돌아보며 아쉬운 점, 게으름을 피운 후회, 자만할 때마다 다시 초심으로 돌아가자는 스스로에 대한 긍정적 암시들이 많았습니다. 일지에 가장 많이 나오는 첫 문장은 '게으름을 물리치고 좌선, 조깅으로 하루를 시작했다.'였습니다. 추운 겨울, 수련을 건너뛰고 싶은 마음이 일어날 때마다 일지에 후회하는 기록을 남기지 않기 위해서라도 이부자리에서 뛰쳐나와 수련장으로 발걸음을 옮기곤 했습니다. 일지를 쓰는 일은 똑같이 반복되는 수련생활의 지루함이 올 때, 처음 뜻을 세운 마음을 다지게 해주고, 마음이 게을러질 때는 어깻죽지를 내리치는 죽비가 되어 깨워주었습니다. 수련일지는 어느 순간부터 울타리가 되어 나를 주시하고 이끌어주는 스승 같은 존재가 되었습니다.

수련일지를 정리해서 책으로 묶게 된 것은 아버지께서 선무도 '지도자'가 아니라 '수련자'로 남으라는 말씀을 늘 마음에 담고 있었기 때문입니다. 출판사와 계약을 하고 난 후, 수련일지를 정리해서 책을 내고자 한다고 아버지께 말씀을 드렸습니다. 아버지께서 '수련일지'를 책으로 묶는 목적이 무엇인지 물으셨습니다. 선무도를 많은 사람들이 가깝게 접하고 수련을 통해 바르게 살고자 하는 이들과 함께 하기 위해 결심하게 되었다고 말씀드렸습니다.

"선덕, 책은 덮는 게 좋겠다."

"……."

예상치 않은 아버지 말씀에 순간, 몸이 굳어지고 숨막힐 듯한 답답함이 느껴졌습니다. 한참 동안 아버지와 저는 말없이 앉아있었습니다. 그리고 아버지께서 다시 물으셨습니다.

"책을 덮으라는 말을 들었을 때 어땠니? 놀라지는 않았니?"

"무지 놀랐죠. 뭐가 잘못됐나? 왜지? 당혹스러웠습니다."

"그래, 놀래고 당황하는 걸 보니 애를 많이 썼구나. 누구든 최선을 다해 애쓴 일 앞에서 막히면 단박에 긴장이 되고 불안이 덮치기 마련이다. 그때 안경계에 관심은 있었니?"

"말씀을 듣고 돌이켜보니 몸이 얼음 땡 된 것처럼 굳어지며 멍했는데, 감정 다스리기 바빠서 긴장하고 당혹스러워서 쩔쩔매는 저에게는 관심이 없었네요."

"그렇지. 예상치 못한 소리에 몹시 불편하니까 편하자고 바로 한 생각을 써서 덮어버린 것이지. 그래도 애쓴 바가 있어서 안경계에 대한 문제시가 생긴 거다. 불안하거나 긴장하면 바로 한 생각으로 달아나는 안경계를 문제시하는 게 수련인이지. 문주스님께서 '무도(武道)' 앞에 '선(禪)'을 넣으신 것도 선무도는 무예 기능을 익히는 게 아니라 몸을 통해서 뜻이 살아나도록 함이지 않겠니."

"저는 수련을 하면서 한 동작 한 동작에 집중했던 순간들이 쌓이고 동작들이 몸으로 선명하게 표현된다면 그 힘으로 마음공부도 된다고 생각했습니다. 제 생각을 믿고 조금도 의심이 없었네요."

"애쓴 게 있는 사람은 오감 중에 '귀'가 열린다고 했다. '수련자'로 남으려면 자신의 내면 소리를 들을 줄 알아야 진정한 소통길이 열리는 거다. 이번에 책을 내는 계기로 일념이 깊어져 수련이 한 걸음 더 나아가는 기회가 되길 바란다."

아버지는 선무도 수련을 전하고자 하는 뜻도 등불을 밝히는 보시임을 잊지 말라며 격려해주셨습니다.

아버지와 대화를 마치고 잠시 책을 덮었습니다. 그날부터 안경계에 대한 막막한 의문이 찍혔습니다. 그 막막한 의문은 고등학생시절 선무도를 시작해서 지도자의 길을 걸으며 무엇을 하고자 선무도 수련을 시작했는지, 무엇에 관심을 두고 수련을 하고 있는지를 돌이켜보게 했습니다. 내가 좋아하는 일을 찾고, 온 힘을 다해 일념으로 한 길을 걸어왔기에 동작을 잘하는 나, 지도자로 인정받는 것에 익숙해진 내가 보였습니다. 안경계를 살피는 힘이 부족함이 살펴졌습니다. 마음 깊이 부끄러움이 올라왔습니다. 선무도는 지관수행법으로 몸의 움직임을 통해 마음을 밝히는 수행법임을, 문주스님께서 늘 말씀주시는 '움직이는 선'이라는 것을 다시금 깊이 되새겼습니다. 또한 선무도 수련인으로서 여기까지 올 수 있도록 울타리가 되어주시고 버팀목이 되어주신 많은 인연들을 돌아보게 되었습니다. 혼자서 수련을 하든, 여러 사람들 앞에서 시연을 하든, 같이 해주신 그 울타리 속에서 선무도 수련인으로서 한 길로 매진할 수 있었음이 감사했습니다.

인연의 감사

선무도 대금강문 문주이신 적운 큰스님께 감사드립니다. 선가에서 내려오는 비전을 일반 대중에게 몸과 마음의 관심을 갖는 등불을 켜주시고자 '선무도'로 포교해주신 은덕으로 선무도를 만났고, 수련의 근본 가르침을 주시며 수련자의 길을 걷게 해주심에 감사드립니다.

선무도 지도법사님, 도반님, 골굴사 화랑사관학교 아이들, 템플스테이에 함께한 인연들, 프랑스, 독일, 미국, 노르웨이, 스위스, 스페인, 덴마크 등 세계 각국에서 선무도 수련을 하는 도반님께도 감사드립니다.

명상치유센터 '깊은산속옹달샘' 고도원 이사장님께 감사드립니다. '명상'을 누구에게나 가깝게 생활 속에서 체험할 수 있도록 '잠깐의 멈춤, 쉼'을 사랑과 감사로 꿈을 일깨워주시는 말씀, 깊이 새겨듣고 배우고 있습니다. 수련자라는 틀에 갇히지 않고 생활 속에서 수련자의 삶을 실천할 수 있도록 '꿈너머꿈'을 심어주심에 감사드립니다. 명상센터라는 큰 울타리 안에서 뜻을 같이하며 겸손과 헌신을 배우게 해주신 옹달샘 아침지기님들께 감사드립니다.

선무도 수련이 이 사회를 밝고 맑게 하는 힘이 될 것이라는 믿음으로 어려운 출판시장에도 불구하고 선뜻 출간해주신 출판사 대표님, 선무도 동작을 신선한 그림으로 힘을 더해주시고, 깔끔한 디자인으로 책을 만들어주신 디자인팀에게도 감사드립니다.

이 자리에 오기까지 많은 가르침을 주신 스승님,
늘 울타리가 되어주고 한결같이 격려와 응원을 보내주시는
아버지, 우리 가족 모두에게 감사드립니다.

2018. 7.
무술년 여름을 지나며
선덕(禪德) 합장

◇

골굴사에서

골굴사에서

새벽예불

새벽 4시. 도량석을 도는 목탁소리에 눈을 뜬다. 목탁소리와 함께 골굴사의 매서운 골바람이 불어오는 소리가 들린다. 골굴사는 골짜기가 깊어서 추운 겨울 방 안에 있다 보면 바람이 내 방의 창문에 닿기 전에 저 멀리서 파도가 밀려오듯 바람이 불어오는 소리가 들린다.

오늘도 어김없이 골굴사의 겨울바람이 멀리서 들려오고 따뜻한 방안 이불 속에서 등을 지지며 약간 게으름을 부리며 누워 있어본다. 다시 졸음이 찾아오고 잠이 들라 치면 목탁소리가 크게 들려오고 문득 내 모습이 비춰진다. 나는 졸음을 떨치고 천천히 몸을 일으켜 이불을 정돈한다.

법당은 숙소에서 꽤 올라가야 하기 때문에 옷을 단단히 챙겨 입는다. 문을 열자 전혀 다른 세상처럼 칼바람 앞에 내가 서 있다. 잠시 마주했던 차디찬 칼바람이 어느 정도 적응이 되자 걷고 있는 한 걸음 한 걸음이 새롭게 느껴진다.

한 걸음에 실려 있는 고요함을 고스란히 느끼며 걷다 보니 법당에 도착한다. 내 몸과 마음에 담겨있는 고요함을 가지고 법당에 조용히 앉아 코끝으로 들어오고 나가는 호흡을 바라본다. 코끝에 느껴지는 시원한 들숨과 따뜻하게 나가는 날숨이 조금씩 안정이 되자 깊어지는 호흡과 함께 몸의 온기가 곳곳에 퍼져나간다. 마음이 여유롭다. 법당의 촛불이 환하다.

그 길에 있던 것들

새벽 예불을 마치고 법당에 그대로 앉아 자세를 바로잡으며 호흡에 집중한다. 코끝으로, 어깨, 가슴, 배 온몸으로 들어오고 나가는 숨을 바라본다. 좌선을 마치고 천천히 일어나 걸음을 명상의 언덕, 오륜탑 앞으로 옮긴다. 골굴사에서는 새벽예불을 마치고 좌선, 그리고 행선(천천히 걷는 명상)을 한다. 골굴사의 수련생들, 템플스테이에 참여하고 있는 외국인들까지 모두 모여 천천히 한 줄로 맞춰 행선을 시작한다.

고요히 걷는다. 천천히 걷는다. 한 걸음 한 걸음에 들숨과 날숨을 바라본다. 천천히 걷다보면 평소에는 늘 다니던 길인데도 놓치고 있던 것들이 보인다. 빠르게 걸을 때는 느끼지 못했는데 천천히 걷다보면 걸음에도 집중을 해야 중심을 잡을 수 있다는 것을 느끼게 되고 엄지발가락에 쏠리는 무게, 왼쪽 오른쪽의 균형이 바른지 흔들리는지 느껴볼 수 있다.

계속해서 아주 천천히 걷는다. 편안해지는 호흡을 바라보며 늘 내 주변에 함께 있었지만 새롭게 만나는 것들을 느껴본다. 나의 이마, 두 볼을 스쳐가는 바람과 새벽 고요한 산사에서 들려오는 소리들, 법당에서 들려오는 목탁소리, 바람이 대나무 숲을 지나가고 있는 소리, 자신의 걸음걸이에 집중된 사람들의 조용한 발걸음 소리, 텅 빈 것 같은 고요한 산사가 내 마음에 가득 채워짐을 느껴본다. 어깨, 가슴의 긴장이 편안해지고 느슨해지며 천천히 걷는 걸음이 익숙하고 조금씩 자연스러워진다. 몸의 자연스러움, 편안함이 마음의 여유를 가져다주며 이 여유로움은 그 길에 있던 것들을 오롯이 만날 수 있는 지금을 선사한다. 걸음걸이에도, 한 호흡에도 관심을 기울이면 쉼이 된다. 고요한 산사의 새벽이 참 좋다. 평화롭다.

그저 하라

선무도 3단 승단심사를 앞두고 연습하던 시절, 새롭게 배운 동작을 반복해서 연습을 해본다. 다른 동작들은 그래도 웬만큼 잘 되어가고 있는데 유난히 안 되는 동작 하나를 만났다.

선무도 2승형(선무도의 승형은 타 무술의 품새에 해당된다) 후반부에 나오는 동작이었는데 앉아서 내회족, 외회족을 연결하는 동작이다(앉아서 돌려 차는 발차기). 다른 동작은 무리 없이 넘어가다가도 내회족을 하려고 발을 들어 골반을 움직여 돌려 차야 하는데, 아무리 연습을 해도 절반쯤 돌아가다 균형을 잃고 쓰러진다.

"이 동작이 왜 안 될까요?"

선배 법사님들께 물어보았다. 선배 법사님들은 무언가를 말하려다가 동작 시범을 한 번 보여주시고는 "그냥 연습하면 되던데."라고 했다.

그리고는 몇 분께 더 여쭤보았지만 대답은 같았다.

"연습하면 됩니다."

그래서 딱히 특별히 한 것 없이 그냥 연습을 했다.

그렇게 하루 이틀이 지나자 어느 날 저녁수련 시간에 이 동작이 원래 그랬다는 듯이 자연스럽게 되었다.

'어!' 신기하기도 하고 기분도 좋고 발끝이 바닥을 날렵하게 스쳐가는 그 느낌이 선명하게 느껴졌다. 또한 몸의 움직임과 동시에 느껴진 것은 '아 내가 마음이 너무 앞서 갔구나.' 하는 생각이었다. 연습은 하지 않고 욕심을 부렸구나!' 와 '왜 안 될까?' 보다는 '어떻게 해야 될까?'를 그려보아야겠다는 생각이 깊이 파고들었다.

그날의 선명한 느낌은 수련 내내 생각으로 앞서갈 때마다 중심을 잡아주는 브레이크가 되어주었다. 실천 없이 생각으로 얻어지는 것은 없다. 꾸준한 실천으로 믿음을 가지고 그저 하다보면 그 성과가, 어느새 내가 원하고자 하는 그 길을 걷게 됨을 마음 깊이 깨달았다.

명상 1 。

움직임 속에 고요함이 있고

고요함 속에 움직임이 있다.

지금

하던 일을 멈추고

눈을 감고 가만히 호흡에 집중해본다.

들이쉬고

내쉬고

들려있던 어깨의 무게를

내쉬며 내려놓는다.

가슴, 배, 온몸 전체를

가만히 느껴본다.

바쁘게 움직이고 있다가도

잠시 호흡에 집중하면

곁에 있던 고요함이

느껴진다.

그리고 다시

지금 하던 일을 시작해본다.

지금 하던 일에 대한

묘한, 맑아진 집중력이 느껴진다.

고요함과

움직임은 늘 같이 있다.

명상의 언덕

골굴사는 '함월산(含月山)' 자락에 위치해 있다. 함월산이라는 지명이 말하고 있듯이 골굴사는 유난히 달빛이 밝고 맑다. 함월산 달빛이 골굴사를 훤히 비추고 템플스테이 참여자가 많은 날이었다. 인원이 많아 수련이 나눠서 진행되었다. 3그룹으로 나누어졌는데 메인 수련장인 선무도대학 1층, 큰 법당 앞 야외무대, 명상의 언덕이었다. 사실 이날 명상의 언덕에서 수련자는 나 혼자였다. 기본동작 등은 참여자분들과 함께 하고 진도별로 나누면서 나는 명상의 언덕에서 개인 수련을 하게 되었다.

골굴사 명상의 언덕은 오륜탑이 있고 소나무가 포근하게 감싸 안듯이 넓은 그늘이 드리워진 곳이었다. 폭염의 한여름에도 선선하고 상쾌한 바람이 불어 그야말로 명상의 언덕이었다. 가끔 TV에서 촬영이 오면 달빛을 조명으로 그려지는 그림이 아주 일품이다.

그 곳에서 몇 가지 품새를 혼자서 연습을 하고 있었다. 뭔가 손끝, 발끝에 차오르는 느낌이 좋았다. 정해진 연무선을 따라 엄지발가락에서 튕겨주는 움직임으로 온몸이 하나가 되어 움직여가는 느낌이 좋았다. 20대 초반, 넘치는 에너지로 힘을 팍팍 주어가며 나름대로 열심히 수련을 하고 있는데 천천히 문주스님께서 걸어오셨다.

문주스님은 한 쪽 벤치에 앉아 수련하는 모습을 바라보고 계셨다. 한동안 아무 말씀 없이 바라보고 계시다가 내가 있는 쪽으로 오시더니, "자, 내 뒤로 서 봐라."

그리고는 몇 가지 동작을 직접 보여주셨다. 나는 스님 뒤에 서서 품새를 따라했다. 한 동작도 놓치지 않기 위해 최선을 다해 집중을 했다.

"선무도의 승형, 무예를 닦아갈 때는 물론 힘이 중요하지만 이 힘을 계속 주는 것이 아니라 리듬이 있어야 하고, 그 속에서 정과 동이 함께 균형을 이루어야 한다. 강약의 조절, 완급을 조절할 수 있어야 하고 우리는 선무도를 하면서 몸을 움직여 익힌 것을 마음에 잘 새겨 삶 속에서 나타내야 하는 것이야. 마음의 균형, 사람과의 균형, 모두. 이제 이렇게 또 내려오기가 쉽지 않으니 좀 더 수련하면서 머물다가 가거라."

이렇게 말씀을 하시고 문주스님께서는 선방으로 들어가셨다. 스님께 직접 배움의 시간을 갖고 또 그 시간을 이어서 할 수 있다는 설렘과 가르침에 대한 많은 생각이 무더운 날 갑자기 내린 소나기에 흠뻑 젖은 것처럼 내 몸과 마음이 밀려들었다.

참으로 감사한 마음이었다. 몸을 움직여 마음을 익힌다. 선무도 수련을 하면서 정과 동의 조화를 이루고 그것이 곧 내 삶의 많은 인연들과 함께 살아가는 방법을 배우는 것임을 깊이깊이 새기게 되는 기회였다. 골굴사 입산 전 계획은 100일 수련 후 인도 유학을 가는 것이었으나 문주스님의 말씀을 듣고 골굴사에 남아 선무도 수련에 매진하기로 마음을 먹었다.

수련하는 곳이 바로 수련장

지도자 과정이 끝날 무렵 선무도 3단 심사날이 가까워졌다. 참고로 선무도는 '단'이 있는데 2단은 '교범'으로서 조교 역할을 하게 되고 3단부터는 '사범'이 될 수 있는 자격이 주어진다. 지도자 과정을 거치고 있었던 그 시절 나는 군대에 가기 전 이미 2단을 승단해서 3단 과정에 있었다.

3단 심사를 보기 위해서는 여러 과목이 있지만 선무술에 해당하는 2승형 전·후반부를 연무해야 한다. 2승형은 200가지 동작이 넘으며 역동적인 과정인데 심사날짜는 다가오고 여러 가지 일들로 수련시간이 부족함을 느끼고 있었다. 당시 화랑수련회(아이들 방학캠프) 기간이어서 개인 수련시간이 절대 부족했다. 마음이 조바심으로 전전긍긍했다.

'아, 내가 지금 저기 수련장에 가서 연습을 해야 되는데…….' 이 생각이 머릿속에서 떠나질 않았다. 사실 부담감이 많았는데 학창시절 선무도 서울본원에서 수련을 하며 자랐고 원장의 아들인 것을 모든 사람들이 알았기에 그 당시 나는 잘하는 모습을 보여야 한다는 부담을 안고 있었다. 이런 마음까지 일어나다 보니 마음은 더 조급해졌던 것 같다.

그러다가 문득, '아!' 무릎을 탁 치는 계기가 있었다. 무심코 방안에 잠시 쉬고 있다가 내가 고정관념에 사로잡혀있었음을 깨달았다. 꼭 수련은 수련장에서 그 시간에 해야만 한다는 것. 현실은 그 장소와 시간이 어려움을 알고 있었음에도 해왔던 대로 꼭 그대로 해야만

한다는 한 생각에 빠져있다는 것을 느꼈다.

지금 내가 할 수 있는 것은 무엇인가. 틈틈이 수련하는 것이 아닌가. 내가 수련하고자 하는 곳이 수련장이 된다는 생각이 들자 방에서도 가볍게 몸을 풀고 수련을 시작할 수 있었다.

양발점프옆차기, 회족, 승형 여건이 되는 한 비좁은 방에서 왔다 갔다 하며 수련을 시작했다. 10분이든 5분이든, 자투리 시간을 쪼개서 해나갔다. 수련회 아이들을 지도하고 틈나면 점프, 밥 먹고 나서 시간이 나면 한 번 더. 이렇게 틈틈이 내가 있는 곳을 모조리 수련장으로 만들어갔다.

그리고 심사날. 3단 심사인데 '이제는 긴장하지 않겠지'라고 생각했지만 허심합장(선무도의 준비자세)을 하고 있는데 손끝이 파르르 떨렸다.

발끝, 손끝에 힘이 가려면

파르르 떨리는 손끝을 바라보며 3단 심사가 시작되었다. 이때는 힘과 탄력이 솟아오르고 자신감이 꽉 차고 있던 시기였지만 아직 심사라는 것은 어렵고 남들 앞에서 하는 것 또한 동작 이외에 넘어야 할 산이었다.

그래도 나름 언제, 어디서나 내가 마음을 먹고 수련하는 곳이 수련장이 된다는 것을 깨닫고 열심히 수련을 해왔지만 문주스님이 앞에 계신다는 것이 긴장이 되었다.

돌이켜보면 마음의 완급을 조절하기 어려웠던 것 같다. 다시 말

하면 마음 자체에 관심을 둘 여지가 없었다. 3단 심사는 선무도에서 말하는 2승형 전·후반부를 모두 시연하게 되는데 동작이 무려 200가지가 넘는다. 그렇기 때문에 마음과 호흡의 완급 조절은 그 어떤 것보다 중요한데, 힘차게 시작해서 전반부에 힘을 쏟고 후반부는 조금 지친 상태로 호흡이 거칠어진 상태로 겨우 마쳤던 기억이 난다. 아마도 긴장을 한 탓에 필요 없는 부분에 힘이 과하게 들어갔고 그러다 보니 호흡이 거칠어진 것이리라.

게다가 긴장된 마음을 추스르고자 수련복의 띠를 너무 세게 조여 매서 숨쉬기가 더 힘들었다. 전반부를 마치고 손으로 느슨하게 풀고 후반부를 이어갔다. 그래도 수련해왔던 것이 몸에 잘 남아있었는지 호흡은 좀 거칠었지만 동작이 점차 안정이 되고 흐트러짐 없이 중심을 잘 잡아가고 있다는 느낌이 들었다.

수련할 때 품새를 연무하면서 완급, 호흡, 동작, 힘을 조절할 수 있는 것은 지금 깨어있는 연습을 하는 것과 같다. 지금 내 모습에 깨어있지 못하고 주변 환경, 보고 있는 사람이나 지나간 동작들에 마음이 떠 있으면 내 흐름을 잃게 된다. 연습했던 것과 다르게 조절이 잘 되지 않으면 당황하고 마지막까지 원활한 흐름으로 승형을 마치기 어렵다.

예를 들면 심사를 볼 때 자신의 속도에 맞춰서 하고 있다가 옆에서 동작이 빨라지면 내 흐름을 잃어버리고 빨라진 흐름에 휩쓸려 호흡, 동작이 흐트러지는 것이다. 그런 면에서 심사는 나의 중심을 잡아가는 아주 좋은 수련시간이다. 혼자서 수련을 할 때나 심사를 볼 때나 손끝 발끝에 힘 조절을 할 수 있으려면 지금 깨어 있는 힘이 필요하다.

나에게 집중을 하고 내가 원하고자 하는 곳에 힘을 넣을 수 있는 것은 불필요한 곳에 힘을 빼는 것이다. 힘을 빼고 힘을 넣고 동작을 할 수 있는 것이 완급 조절이고 여기에는 호흡, 몸으로 표현하는 내 동작과 온전히 깨어있는 내 모습에 집중되어 있는 내 마음이 하나여야 한다.

알고 보면 온전히 집중되어진 내 모습이 보일 때 호흡, 몸, 마음 하나로 표현되고 있는 것을 알려준다. 이 연습은 몸으로 하는 단련이기도 하지만 좌선 수행이 일상화 되어야 하는 중요한 부분임을 알려준다. 선무도 수련은 동작을 잘하는 것이 목표가 아니라 동작을 할 때 마음, 호흡을 관찰했던 그 힘이 몸동작에서도 발휘되는 것이고 수련이 곧 삶이 되어야 하는 것이다.

심사는 다행히 잘 마무리가 되었고 동작의 발전도 중요했지만 크게 배운 것은 현실에 맞게 할 것, 내가 수련하는 곳이 수련장이라는 것이었다. 그리고 늘 변화하는 환경에서 마음의 중심을 잡아가는 그 힘을 배웠다.

우리가 마음먹기에 따라 작업실, 공부방, 카페 어느 곳이나 수련장이 될 수 있다. 그것은 내가 지금 있는 이곳에 발을 디디고 서 있음을 자각하는 것이 아닐까. 수련을 할 때 손끝, 발끝에 힘을 넣어야 하는 것인지 힘을 빼야 하는지 알려면 지금에 깨어있어야 하는 것처럼.

경계에서 자유로움 。

추운 겨울
따뜻한 온천물에 몸을 담근다.

몸 안 깊숙이 온기가
차오른다.

몸, 마음이 편안해짐을 느끼고
눈앞에 펼쳐진 산의 나무와 하늘,
바람소리, 새소리, 나뭇가지의 흔들림을 바라본다.

고요함에서 찾아오는
산속의 소리가 들려오고
눈 덮인 산과 모락모락 피어나는
온천이 조화롭다.

몸에 힘을 빼고 팔에도 힘을 빼서 내려놓자
몸은 가볍게 떠오른다.

바깥과 안의 경계가 생기고
물 안에 집중하자 따뜻함이 더 강하게 느껴진다.

바깥에 집중하자 내 팔을 스치며 지나가는
시원한 공기가 느껴진다.

경계에 따라 어느 곳에 마음을 두느냐에 따라
그 느낌이 깊어진다.

우리의 마음이 그렇 듯,
경계, 선을 긋고 바라보는 순간
우리 안에 쌓여있던 수많은 경험들이
작동하며 한쪽으로 기운다.

마음의 경계에서 자유로워지는 순간
평화롭고 조화롭다.

온천 물속의 따뜻함과 바깥의 공기가 조화되어
느껴질 때 깊이 이완된다.

마음도 경계가 자유로워질 때
편안해지고, 여유로워진다.

마음의 경계에서 자유롭다는 것은
'알아차림'이라는 스님 말씀을 되새겨본다.

맞수

EBS 다큐 '맞수'라는 TV 프로그램에서 골굴사로 촬영을 왔다. 골굴사에서 수련하고 있는 사람들 중 나와 무정(스베인)이 서로 경쟁하며 커가는 '맞수' 상대역으로 촬영이 결정되었다.

승단 선후배를 넘어 촬영 일정을 함께 하며 나는 무정과 많이 가까워졌다. 한국에서 나고 자란 나도 산사의 수련이 만만치 않은데 하물며 멀리 노르웨이에서 온 외국인으로서 절 생활은 그 어려움이 훨씬 많았을 것이다. 골굴사에서 무정을 처음 본 것은 군대 제대 후 절에 들어와 수련을 할 무렵이었다.

나는 군대 가기 전 이미 승단 2단으로 지도자 과정을 마친 상태였고, 그는 당시 지도자 과정을 2년 정도 하고 있었다. 골굴사에는 외국인들이 많이 찾아온다. 아무래도 한국의 전통에 관심이 있고 중국의 소림사처럼 무예를 수련하는 곳이라는 특수성 때문일 것이다. 무정도 노르웨이에서 무예 단체팀이 골굴사를 방문했을 때 함께 와서 체험을 하고 선무도에 매료되어 다시 찾아와 당시에 행자생활을 하고 있었다.

'맞수' 연출은 24살의 동갑내기 한국청년 김재덕과 노르웨이청년 무정이 선무도라는 길을 닦아가고 수련해나가며 서로 선의의 경쟁과 격려를 하며 '무예'를 하는 '청년들의 활기찬 모습'을 담고자 함이었다. 연출자는 우리 둘이 산사에서 수련을 하는 '두 젊은 수련자의 일상과 수련'이라는 주제로 일상생활 모습을 카메라에 담았다.

한국인이건 외국인이건 24살의 젊은 나이임에도 불구하고 산

속에 들어와 땀을 흘리며 수련하는 모습, 절에 있다 보니 목탁을 치기도 하고 청소, 절의 소소한 일까지 맡아서 하면서 선무도를 열심히 수련하는 모습을 담았다.

맞수 영상을 보면 내레이션에 이런 멘트가 나온다. "수련에 있어서 앞서거니 뒤서거니 하는 것은 없지만 스스로 게으름을 부리지 않고 부지런히 수련해나가는 것을 보면 이 둘은 선의의 경쟁을 하고 있는 셈이다." 누구보다 잘하기 위해서 절에 들어와 수련하는 것은 아니다. 스스로를 다지고 게을러 질 때쯤 다시 자신과의 싸움을 하며 움직임으로 몸을 닦아가며 그 움직임을 관찰하다 보면 동적인 순간에도 고요히 집중해 있는 모습을 보게 된다. 이렇게 외부의 대상을 두고 수련해나가는 것은 아니지만 옆에 있는 사람의 모습을 보면 게을러졌던 마음을 다시 잡게 되기도 하고 수련을 하고자 하는 마음을 내게 된다.

또 때로는 상대방의 동작을 보며 자신의 동작을 돌아보기도 하고 그러면서 한 번 더 움직임을 해보게 되는 것을 보면 맞수에 나왔던 그 말이 맞는 것 같다. 앞서거니 뒤서거니 경쟁을 하지는 않지만 함께 열심히 수련하는 사람들이 있다는 것은 같이 성장하고 서로를 이끌어주고 있는 것이다.

이 촬영을 할 당시에는 한여름이었는데 둘이서 웃통을 벗어던지고 야외 체력단련장에서 샌드백을 잡아주며 한 사람은 몸을 날려 발을 찼던 시간, 잘 되지 않는 동작을 가르쳐주던 것, 108계단을 두 팔로 오르락내리락 하며 땀 흘리며 함께 수련했던 동갑내기 노르웨

이 청년 무정이 참 고맙다.

그리고 오랜만에 이 영상을 다시 보게 되었는데 이 시절이 매우 그립고 다시 한 번 깊은 산골에 들어가 나의 수련을 꽃피우고 싶다는 생각이 들었다.

한 번 더

골굴사에서 지도자 과정을 지나고 있던 시절. 한겨울이 찾아왔고 여느 때와 다름없이 골굴사 골바람이 매섭게 불어왔다. 절 어디서나 바로 수련을 할 수 있던 계절과 다르게 겨울은 제한적이다. 대부분 실내에서 하게 되고 추위로 몸도 마음도 움추려 들기 마련이다.

'수련해야지' 하고 마음을 먹고 실내로 들어오면 그 온기가 얼마나 달콤한지 바닥에서 일어나기가 참 쉽지 않다.

어떤 날은 수련 의욕이 엄청 앞서나가지만 가끔씩 수련을 시작하기까지 '할까 말까, 오늘은 좀 쉴까' 망설여지고 게을러지는 날들이 있다. 그 중에 특히 겨울에 더 그런 유혹에 휘말리기 쉽다. 한 번은 선배 법사님과 잠깐 수련을 하고 있었는데 이런 말을 해주셨다. "여름에는 덥고 땀이 많이 나니까 발차기를 하더라도 한 번 더 차고, 겨울은 추우니까 몸에 열이 좀 나야 하니 한 번 더 차라. 그리고 봄, 가을은 수련하기 좋잖아, 그러니까 한 번 더 차는 거야."라는 말을 해주셨다.

결국 '한 번 더'인데, 수련을 할 때 이 '한 번 더'는 굉장히 중요하다. 이 말을 듣고 한겨울 모자를 쓰고, 두툼하게 옷을 입은 후 야외 수련장을 찾았다. 몸에 열이 날 수 있게 몸을 풀고 선무도의 발차기, 승형(품새)을 수련했다. 추운 겨울에도 몸은 뜨끈뜨끈해지고 호흡이 더 크게 느껴진다. 몸에 열이 나니 모자를 벗고 상체를 조금 가볍게 점퍼를 벗는다. 가벼운 티셔츠를 입고 다시 한 번 발을 차고 수련을 한다. 얼어있던 코끝, 발끝에도 열이 나면서 힘이 실린다. 움츠려 들었던 어깨, 가슴도 편안해지고 움직일수록 몸이 겨울과 조화를 이룬다. 힘이 실린 손끝은 날카롭게 겨울의 차가운 허공에 몸으로 동작을 그려간다.

여기까지 하고 들어갈까 하며, 따뜻한 방안이 생각날 때, '한 번 더' 몸을 움직이며 다시 수련을 시작한다. 움직임과 호흡에 몰입이 깊어지고 허벅지를 비롯한 근육들이 열기를 품어 팽팽해진다. 호흡을 고르며 들이쉬고 내쉬는 것에 집중을 해본다. 들숨에 느껴지는 코끝의 차가움, 내쉴 때 나가는 뜨거움이 선명하게 느껴진다.

그런 다음 이제 실내로 들어와 고요히 자세를 가다듬고 좌선을 하며 수련을 마무리한다. 실내의 따뜻함이 더 깊게 느껴지고 몸과 마음이 노곤노곤해진다.

그리고 한 번 더하고 수련을 마무리 했을 때의 여운이 앉아서 호흡하고 있는 시간까지 길게 이어지곤 한다. 추우니까 한 번 더, 마지막에 한 번 더, 했던 것들이 쌓여야 순간 떠오르는 게으름을 이겨내는 힘을 키워준다. 또 하나는 내가 가지고 있던 한계점이라 정해진 선을 톡톡 건드리면서 결국에는 한계점이라는 단계를 넘어서게 해주는 아주 중요한 포인트라는 것을 배워본다.

우리가 살아가는 것도 비슷하리라 생각한다. 아무것도 보이지 않는 어두운 방안에 있으면 누군가는 더듬더듬 출구를 찾아다닐 것이고, 누군가는 포기하고 주저 않을 것이다. 더듬더듬 거리다가 벽을 찾았고 조금씩 움직이다가 보니 손에 무언가가 닿았고 그것을 눌러보니 불이 켜지는 스위치, 그것이 어두운 방안을 나갈 수 있는 출구일 수 있다. 더듬더듬 찾아다니다가 '여기까지인가 보다'라고 생각하며 포기할 때가 어쩌면 마지막 닿아있는 손끝에서 한 번 더 찾아보면 그 스위치를 만질 수 있는 것처럼 스위치는 아주 가까울 수 있다.

수련을 하면서 '한 번 더'의 마음을 익혀보았던 그 마음이 삶에서 실천될 수 있기를 다짐한다. '한 번 더'는 포기하고 싶은 순간이 바로 삶을 변화시킬 수 있는 중요한 방향등이 될 것이라 믿는다.

4단 승단심사를 보던 날

어느 덧 시간이 흘러 3단을 지나 4단 심사를 보던 날. 3단까지는 움직임의 기능적인 동작에 집중했다면 4단부터는 마음을 닦아갈 수 있도록 해야 한다는 큰스님의 말씀을 되새기며 수련에 집중했다.

늘 말씀해주시는 것이지만 몸과 마음, 호흡의 조화를 이루는 것. 이 조화로운 수련의 시간이 단지 수련을 할 때뿐만 아니라 삶에서도 그 조화로움이 나타나야 한다는 말씀을 들어왔는데, 4단부터는 선무도의 움직임을 통해서 더 깊게 내면을 바라볼 수 있어야 한다. 2018년 지금은 선무도 5단인 나는 아직도 수련에 대한 갈증이 있기에 항상 4단 심사를 보던 때 큰스님께서 해주셨던 말씀을 되새기며 깊게 내면을 바라볼 수 있도록 노력하고 있다.

다시 돌아가 4단 심사를 볼 무렵, 선무도 서울본원에서 사범생활을 하고 있었다. 지도시간 이외에 틈틈이 수련을 하였고 3단 심사를 볼 때처럼 떨지 않을 것이라는 알 수 없는 믿음을 가지고 있었다.

수련을 하다보면 그 단계가 있고 넘어야 되는 무언가가 나타나기도 한다. 어른들의 말씀을 들어보면 어떤 고난을 겪을 때는 더 큰 일을 하기 위해 지금 그 경험을 하고 있다는 이야기를 하신다. 그리고 여러 가지 수련에 대한 책들을 보면 어떤 단계에 이르면 그것을 넘기 위해 여러 가지 현상이 생기기도 한다고 말한다. 한마디로 시련의 시간이 찾아온다. 고통으로 시험에 들게 하는 것이다. 이는 포기할 수밖에 없는 확실한 변명을 갖고 찾아온다.

4단 심사는 나에게도 아주 특별한 경험이었다. 서울본원에서는 내가, 총본원 골굴사에서는 철안 법사님 등 4단 심사자가 있었다. 늘 그랬듯 4단 이상부터는 승단 심사를 보는 사람들이 많지 않다. 4단 이상의 심사자들, 지도진이 심사를 보게 되면 전국에 있는 수련생들이 기대감을 갖고 골굴사에 온다. 마치 승형 시연처럼 심사가 이뤄진다.

여느 때처럼 서울본원 수련생들과 버스를 타고 골굴사에 내려와 수련을 하고 오랜만에 만나는 총본원 지도진들, 철안 법사님과 이야기도 나누고 모여서 족구도 하며 즐거운 시간을 보냈다.

그리고 심사당일. 다른 때와 마친가지로 새벽에 일어나 예불 참석을 위해 선무도대학 1층에 내려갔다. 그런데 한 5분 지났을까. 오

른쪽 옆구리에 이상한 느낌이 들었다. 그래서 좀 쉬어야 하나 싶어서 2층 방으로 다시 올라가 누웠는데 통증이 점점 강하게 느껴졌다. 참아보았지만 직감적으로 혼자 있다가는 큰 일이 날 것 같았다. 그때의 통증은 내가 한 번도 경험해보지 못한 극렬한 통증이었다. 겨우겨우 기어서 1층으로 내려가 사무실에 문을 열고는 그 자리에 쓰러졌다. 다행히 스님 두 분이 계셔서 얼른 응급실로 향할 수 있었다.

응급실로 가는 동안에도 너무 아파서 제대로 앉아 있을 수가 없었다. 그 와중에도 통증 사이로 들어오는 생각은 온통 '심사'뿐이었다. '열심히 준비했는데 다음에 봐야 하나? 이번에 꼭 봐야 하는데. 아, 어떡하지?' 걱정과 근심이 나를 휘감고 있었다.

응급실에 도착해서도 검사결과가 나오지 않았다며 진통제를 한참 후에 맞았다. 그때까지도 내 머릿속에는 통증과 심사 이외에는 아무것도 들어올 틈이 없었다. 심사 시간은 점점 다가오고 머릿속은 '어떻게 하지?'라는 생각으로 몸으로는 통증을 느끼고 있었지만 머리는 심사에 대한 열망으로 가득했다. 지금 돌이켜 생각해보면 그때의 '어떻게 하지?'는 걱정이 떨어져 나가고 오직 심사를 봐야겠다는 한 생각으로 정지된 상태라고 느껴진다. 그러자 조금씩 통증이 사라지기 시작했다. 나는 침대 머리맡에 있는 링거병을 올려다보았다. 주사약이 절반쯤 남아 있었다. 나는 일어나 주사바늘을 뽑고 병원을 나왔다. 심사를 보기 위해 다시 절로 들어왔다.

심사는 큰 무리 없이 잘 진행이 되었다. 그렇게 4단 승단에 합격했다. 서울로 올라오자마자 병원에 갔다. 경주 응급실에서 말하길 신장결석인 것 같다고 해서 그 소견서를 들고 서울의 한 병원을 찾았다. 그 병원에서는 정확하게 말하기보다는 '인 것 같습니다.'라며 별다른 증상이 없다고 했다. 그 후로도 그 일로 병원을 찾은 적이 없고 통증이 생긴 적도 없다.

그 경험도 단계를 넘어가는 하나의 과정이었을까. 돌이켜 보면 그렇게 강한 통증을 느꼈을 때 마음이 어디가지 않고 몸에 집중되어 있었다. '심신일여'를 배워야 하는 단계였으리라 믿는다.

나를 만드는 것은 지금 。

지금 말하는 것,

지금 먹고 있는 것,

지금 생각하는 것,

지금이 내 모습을

만들고 있음을 깊이 있게

바라볼 필요가 있다.

지금을 돌이켜보며

지금에 집중해보자.

'지금'이

평화롭다.

얼음물을 깨고

산사의 겨울은 골짜기 칼바람과 눈으로 채워진다. 어느 해 겨울, 한 방송사에서 선무도를 촬영하기 위해 골굴사를 찾아왔다. 골굴사는 선무도를 수련하는 사찰로 유명하기에 1년에 수십 차례 촬영을 하게 된다. 마치 중국의 소림사처럼 무예를 연마하는 스님들과 수련생들의 모습이 좋은 소재가 되나 보다.

담당 촬영 PD는 촬영 계획과 의도에 대해 종무소 담당자와 이야기를 나누고 본격적으로 촬영을 위해 골굴사로 나섰다. 골굴사에 촬영이 오면 어느 정도 코스가 있다. 108계단 수련, 대나무밭 수련, 산속 수련, 공연 그리고 골굴사 밖으로 나가 바닷가나 옛 절터에서 촬영하는 것이 보통이다.

절 안에서의 촬영을 마치고 촬영을 위해 골굴사 인근의 장항사지로 장소를 옮겼다. 가끔씩 야외수련으로 장항사지에 가서 수련을 하곤 하는데, 삼국사기나 삼국유사에 기록이 남아 있지 않아서 지명인 장항리를 따서 장항사지라 불리는 곳이다. 옛 절터와 두 개의 오래된 탑이 있다. 도로에서 내려 장항사지로 가는 길에는 계곡이 있고 작은 폭포가 있으며 물이 흐르는 중간중간에 맑은 물이 모여 있는 물웅덩이들이 있다.

차에서 내려 담당 PD와 사범진들은 장항사지로 발걸음을 하고 있는데 눈발이 점점 거세지고 차가운 바람이 휘몰아쳤다. 그리고 계곡에 도착했을 때는 얼어있는 계곡물과 휘몰아치는 눈보라와 함께 진풍경이 펼쳐졌다. 담당 PD는 묘한 미소를 띠며 그 풍경을 바라보

았다. 아마도 멋진 그림이 되겠다 싶었나 보다. 아직도 그 PD의 미소가 기억이 난다.

우리는 얼음 위에서 상의를 완전히 벗고 맨발로 중심을 잡으며 선무도 동작을 취했다. 한겨울에 얼음 위에서 수련하는 모습은 그야말로 심신을 단련하는 무예인의 모습으로 비춰질 것이다. "얼음 물 속으로 들어갈 수 있을까요?" 좀 전에 담당 PD가 지은 미소의 의미를 마침내 알게 되었다. 우리는 PD의 요청에 서로 얼굴을 돌아보며 눈을 맞추고, 잠깐의 고민을 뒤로 하고 그대로 얼음을 깨고 입수했다.

발끝, 종아리, 허벅지가 물속에 들어가면서 강렬한 추위가 온몸으로 파고들었다. 추웠지만 나는 몸을 물에 푹 담그고 추위와 마주하며 영정좌관 수련을 했다. 그런데 얼음 물속에 들어가 있다 보니 처음 발끝만 닿았을 때보다는 참을만 했다. 물속에 들어가 앉아 고요히 손끝에, 호흡에 집중을 해본다. PD가 카메라를 들고 질문을 했다.

"안 추워요?" 나는 바로 "추워요."라고 답했다. 촬영을 마치고 나오니 오히려 강렬한 추위에 정신이 더 얼떨떨해졌다. 도복 바지가 바람에 얼면서 다리를 감싸 쥐며 칼날처럼 살을 파고드는 것 같았다. 살짝 정신이 없었지만 얼른 옷을 갈아입고 정신을 차리지 않으면 안 될 것 같아 바지를 갈아입고 수건으로 몸을 닦았다. 그렇게 촬영을 마치고 그 다음 주가 되어 방영하는 날 모두 모여 앉아 TV를 보았다.

PD의 질문에 나는 수련을 하면서도 춥다고 대답하는 한편, 함께 들어간 무정은 PD가 "안 추워요?" 하는 물음에 "안 춥습니다."라고 대답하는 것이었다. 하지만 목소리, 손, 몸통이 덜덜 떨리고 있었다. 누가 봐도 추운 모습. 이 모습이 얼마나 재밌었는지 우리는 모두 깔깔대고 웃었다.

그날 나는 추운 겨울 얼음을 깨고 들어가니 '아, 내가 살아 숨 쉬고 있구나!'를 느꼈고 춥지만 추위를 이겨내려는 마음을 가질 수 있었다. 강렬한 추위와 정신을 놓지 않으려는 집중, 이 사이에 어떤 틈도 없이 몸과 마음에 추위만큼이나 강렬하게 집중했던 시간이 이제는 그립다.

파도

경주 골굴사에 오면서 놀란 것 중 하나는 바다가 가깝다는 것이었다. 함월산 자락에 있는 골굴사만 보면 산골 깊숙이 있어서 바다가 근처에 있으리라곤 생각을 못 했다. 가까운 곳에 있는 넓은 바다를 보며 수련할 수 있는 것도 큰 감사함으로 다가왔다. 산사에서 주는 고요함과 선무도의 동적인 조화로움도 아주 좋지만, 바다에서 시선에 걸림 없는 드넓음을 가슴에 품고 수련을 하는 것도 숨통이 트이는 듯한 시원함을 느낄 수 있다.

골굴사에서 가까운 곳에 문무대왕릉이 있다. 템플스테이, 방학캠프(청소년 화랑수련회)를 하면 주로 문무대왕릉이 있는 바닷가에 가서 수련을 하곤 한다. 오전 8시 30분 햇살 좋은 여름, 템플스테이 참여자와 지도자 과정에 있는 수련생들이 오전수련을 하기로 했다. 늘 느끼는 것이지만 차를 타고 나가면 소풍가는 듯한 작은 설렘

이 있다. 템플스테이에 참여한 외국인들도 호기심 가득한 얼굴이다.

바닷가에 도착하고 천천히 몸을 푼다. 한적함, 넓음, 시원함, 파도소리 등 여러 가지 느낌들이 다가온다. 자리를 잡고 삼토식을 한 후 바다를 보며 고요히 좌선을 한다. 코끝으로 호흡이 들어오고 나감을 관찰한다. 어깨, 가슴이 이완되고 호흡은 조금씩 깊어지고 고요해진다. 고요히 집중되자 따스한 햇살이 나를 포근하게 감싸고 있음을 알아차린다.

그리고 이 고요함 속에 파도소리가 점점 가깝게 들려온다. 마치 내 바로 앞에서 파도가 철썩이는 것처럼 바닷물이 들어오고 나감이 느껴진다. 바다의 숨결이 코끝으로 드나들고 있는 숨결과 조화를 이룬다. 이 조화로움은 어디서 왔을까. 돌이켜보면 어디서 왔다기보다 늘 내 주변에 있지 않았을까. 조화로움을 찾으려 애쓰는 것이 아니라 자연스러운 호흡, 몸과 마음이 조화를 이루면 고요함이 찾아지지만, 이 고요함은 단지 정적인 것만은 아니다. 자연스런 깊은 호흡 속에서 감각이 깨어나며 늘 함께 있던 주변에 있는 것들이 느껴진다. 파도 소리가 고요함 속에 조화를 이룬 것처럼.

선무도 수련을 하는 것도 동적인 동작에 몰입했을 때조차 발가락 하나하나 어디에 힘이 들어가는지 관찰되는 것처럼 항상 몸에 중심을 잡는 수련을 매순간 꾸준히 해나간다면 일상에서의 많은 것들과 조화를 이루고 살아갈 수 있으리라 믿는다.

5단 승단심사를 보면서

5단 심사를 앞두고 문주스님께서 승단대상자들만을 위한 특별 연수를 마련하셨다. 이번 연수는 각자 맡은 곳에서 열심히 수련을 하거나, 지도를 하다가 골굴사에 다시 모여 수련하게 되니 감회가 무척이나 새로웠다. 수련을 하다보면 처음에는 혼자 하는 것이 어렵고, 시간이 흐르면 혼자 수련하는 것이 편해지는데 오랜만에 다시 모여 하나의 주제를 가지고 집중하여 큰스님 지도하에 수련하다 보면 그 깊이와 내공의 힘이 한층 더 깊어짐을 실감한다.

그렇게 몇 차례를 거쳐 문주스님 지도하에 특별 수련을 하고 드디어 승단심사날. 3단 때는 덜덜 떨렸고, 4단에는 응급실에 실려 가는 '시련'이 있었고, 이제 5단 승단심사인데 마음이 묘하게 긴장과 편안함과 설렘이 공존했다. 기분이 참 묘했다.

선무도 승단 심사는 무예의 기량을 보는 면도 있지만 가장 중요한 것은 마음의 중심을 잡는 공부가 얼마나 깊어졌느냐를 본다. 높은 법상에 앉으신 문주스님 앞에 서니 순간적으로 이 자리에 서기까지의 시간이 돌아봐진다.

고등학교 때 선무도 서울본원인 종로도장에서 처음 선무도를 시작했고, 그 사이 학교를 졸업하고 군대를 다녀온 후 골굴사에 입산해서 수련에 매진했다. 그 후에는 서울본원에서 지도자로서 또 다른 수련의 시간을 가졌고, 다시 골굴사에 내려가 지도자와 선무도 시연을 맡아 수련을 했다. 지금 그 시절을 돌아보니 선무도는 나의 삶이 되었고 어느 곳에 있건, 무슨 소임을 맡든 그 모든 일이 나를 성장

시켰다는 생각이 든다.

선무도를 처음 시작했을 때 지도를 해주시던 지도자분들의 시범을 보면서 흉내도 내어보고 그 동작을 열심히 따라가던 시간이 그리 오래 되지 않은 것 같은데 돌이켜보니 생각보다 많은 시간이 지났고 내가 바라보며 수련했던 분들이 가지고 있던 세월만큼 되었다는 것이 신기하기만 하다.

골굴사 수련시절 함께 했던 보림 법사님, 철안 법사님 그리고 내가 5단 심사에 응시하게 되었다. 함께 준비 자세를 취하며 호흡을 가다듬었다. 생긴 것은 다르지만 함께 했던 세월이 있어서 그런지 비슷한 면이 있었나 보다. 가끔씩 형제가 아니냐며 물어보는 사람들도 있다. 하지만 각각이 가지고 있는 색깔은 명확했고 달랐다. 그래서 더 조화로울 수 있었는지도 모르겠다.

심사를 시작하기 전 동작, 호흡을 각자만 하는 것이 아니라 셋이서 하나인 듯 조화로움을 수련하는 사람들에게 보여주자고 했다. 그래서 보는 이로 하여금 수련에 대한 마음이 더 크게 일어나기를 바랐다.

세 명의 법사가 호흡을 맞춰가며 눈빛과 호흡, 동작 하나하나를 섬세하게 맞춰 나가기 시작했다. 심사를 보는 장소는 고요해지기 시작했고 들리는 것은 세 명의 호흡소리와 발 구르는 소리뿐이었다. 마치 세 명과 보는 사람들의 호흡까지도 하나가 된 듯 느껴졌다. 시간은 멈춰진 듯했고, 공간마저 하나가 된 듯이 느껴졌다.

그리고 마지막 가장 어려운 동작 중에 하나인데 조용히 준비 자세를 취했다가 예정에 없었지만 마치 약속한 듯 철안 법사님의 우렁찬 기합소리에 맞춰 보림, 철안, 선덕 이 세 명이 동시에 몸을 날렸다. 우리는 발자국을 남기지 않는 새처럼 허공을 날아올랐다.

맑음 。

오랜만에 골굴사에 내려갔다.

일주문을 지나 숙소키를 받고

짐을 풀어 놓는다.

수련장으로 발걸음을 옮기며

고개를 오른쪽으로 돌려본다.

길을 따라 심어져있는 철쭉이 제법 많이 자랐고

주변이 깨끗하게 정리되어 있는 모습에서

지금 절에 머물며 수행하는 분들의 손길이 느껴진다.

늘 부지런히

내 몸과 마음을 닦아가듯

주변에 관심을 가지고 깨끗하게 정리하면

지금 내가 서 있는 이곳이

맑아짐을 느낀다.

울력을 하며 배운 것들

군대를 제대하면서 가장 좋았던 것 중 하나는 앞으로 내 인생에서 잡초제거와 제설작업은 더 이상 없다고 생각한 것이었다. 하지만 아뿔사, 생각은 언제나 생각일 뿐이라는 걸 실감한다. 군대를 제대하고 한 달 후 함월산 골굴사에 입산한 나는 그것이 큰 착각이었다는 것을 바로 깨달았다. 그 이유는 너무나도 당연히 살게 된 곳이 '함월산' 산 속이었기 때문이다.

봄, 여름에는 잡초제거, 가을은 낙엽 치우기(사실 낙엽은 사계절 내내 치우는 듯하다). 그리고 겨울은 눈을 쓸고 길을 내야 하기에 군대에서 하는 제설작업과 다를 바가 없다.

절에서는 하루에 한 번씩 울력시간이 있는데 절에 머물고 있는 사람들이 모두 나와 힘을 모아 크고 작은 일들을 한다. 이 울력이라는 것은 정말 큰 공사일 수도 있고, 절에 있는 소소한 일거리일 수도 있다.

내 마음이 어떤 방향으로 하고 있느냐에 따라 내가 받아들인 모든 것이 다르게 느껴지는 것처럼 군대에서는 일이라고 생각했던 것들이 절에 들어와서는 하는 그 일들 속에서 재미를 찾을 수 있었다. 물론 군대에서처럼 '오늘은 비가 와서 좀 쉬려나' 라는 생각을 한 적도 많았다.

골굴사 일주문에서 걸어오다 보면 오른편에 철쭉을 길 따라 심어놓았는데 바로 산 밑이다 보니 산에서 내려온 넝쿨들이 엉키곤 한다. 좀 지나면 철쭉이 보이지 않을 정도로 답답해지는데 그 주변을

정리하고 그 길을 돌아가 빗자루로 길을 쓸어서 정리하고 나면 평소에는 모르고 지나다녔던 그 길이 그렇게 보기가 좋고 관심이 간다. 그리고 시간이 조금 지난 뒤 철쭉꽃이 피면 더 예쁘게 보인다.

그렇게 길 따라 골굴사 방향으로 가면서 잡초제거를 하다보면 맛있는 산딸기를 발견하기도 한다. 열심히 일하다가 잘 익은 새콤한 산딸기를 따먹는 것도 소소한 재미를 더해준다. 한 번은 문주스님과 함께 울력을 하다가 장비를 기다리느라 쉬고 있는데 그 틈에 쉬면서 몸을 풀자고 하셔서 스님을 따라서 가벼운 품새를 익히기도 했다. 그냥 맨 길에서 문주스님과 언제 품새를 맞춰보겠는가.

경주는 눈이 많이 오는 지역은 아니지만 가끔 폭설이 내릴 때가 있다. 그렇게 추운 겨울 손발이 얼 정도로 눈을 치우다가 어린 시절로 돌아가 눈싸움을 하고 공양간에서 준비해주신 기름 뺀 뜨거운 라면은 얼마나 맛이 있던지 라면을 보자마자 군침이 넘어가곤 했다.

무언가에 가려져 있던 것을 치워내고 그냥 그대로 그 일을 하다보면 하고 있는 지금을 즐길 수 있게 된다는 것을 골굴사 울력시간에 배웠다. 방법은 다르지만 울력은 일을 하면서 내 마음을 닦아가는 수련이라는 것을 시간이 지날수록 알게 되었고 언젠가 신문에서 어떤 스님께서 하셨던 말이 생각이 난다.

'불교는 좋아하는 일을 찾아다니는 것이 아니라 지금 하고 있는 일을 좋아하는 것.' 울력을 하면서 지금을 살아나게 하는 것과 선무도를 수련하면서 조화로움을 통해 지금을 살려내는 것이 방법은 다를 수 있지만 삶에서 떠나지 않아 지금을 살게 해주는 방편임에는 같다는 생각이 들었다.

반달이가 그립다

골굴사에는 또 하나 나의 도반이 있었다. '반달이'라는 진돗개인데 골굴사로 내려올 때 7년간 집에서 키웠던 '레오'를 데려왔다. 그 레오의 첫 새끼가 반달이였는데, 이 녀석을 새끼 때부터 데리고 다녔다. 황구와 백구사이에 태어난 반달이는 처음에 털이 검정색이었고 가슴에 반달곰처럼 흰 무늬가 있었다. 그래서 반달이라고 이름을 짓고 밥 먹으러 갈 때나 수련할 때나 늘 데리고 다녔다.

반달이가 조금 커서 뛰어다닐 때는 선무도대학의 뒤로 산길이 있었는데, 그 길을 같이 달렸다. 함께 달리기를 시작하면 반달이가 뛰어 앞질러 갔다. 그럴 때면 나는 나무 뒤에 숨어서 반달이를 지켜보곤 했다. 그러면 어김없이 보이지 않던 반달이가 뒤돌아와 나를 찾아냈다. 그리고 숨어서는 휘파람을 불어 내 위치를 말해주면 반달이는 나를 찾아 다시 돌아왔다. 그렇게 무심코 놀면서 했던 것이 훈련이 되었는지 꼭 산이 아니더라도 휘파람을 불면 어디선가 반달이가 달려왔다.

산길을 뛰어가다 보면 굵직한 나무들을 밟고 점프했던 자리가 있다. 달려가서 그 나무를 밟고 발을 한 번 차본다. 나무가 반들반들해진 게 우리 사범진들의 흔적이 느껴진다. 나무는 힘들었으려나? 나무에 손을 가볍게 얹어서 고마움을 표시하고 반달이와 함께 달려간다. 높지 않은 산이고 능선 따라 달려가면 골굴사가 보이고, 마애

불 꼭대기가 옆으로 보인다. 그리고 계속 가다보면 오륜탑이 있는 명상의 언덕이 나온다. 도착해서는 가장 좋은 휴식터이기도 한 명상의 언덕 벤치에 누워 하늘을 보며 잠시 쉬어본다. 반달이도 혀를 길게 내밀고 내 옆으로 와서 앉아 쉰다.

언젠가는 선무도대학 앞에 있는 운동장에서 수련을 하고 있는데 푸드득거리는 새소리가 나더니 잠시 후에 반달이가 나타났다. 그런데 그냥 나타난 게 아니라 입에 새를 물고 나타났다. 그래서 "이 녀석아, 절에서 살생을 하면 되겠냐?"며 그 새를 나무 아래에 묻어주기도 했다. 아마도 내가 수련을 하니 자기도 뭔가 하려는 듯 사냥을 했고 그걸 자랑삼아 물고 온 듯하였지만 알아듣든, 못 알아듣든 절이기에 살생을 하지 말라는 이야기를 건네 본다. 그 후로 알아들었는지 사냥하는 모습을 본 적이 없다.

사람을 보고 짖은 적도 없고 사람을 잘 따르며 성격 좋은 반달이가 기질적으로는 아주 용맹한 성격이었다. 산에서 내려온 자기보다 훨씬 큰 들개 한 마리를 보고 다다닥 뛰어 올라 등판을 공격해 쫓아낸 적도 있다. 그런 반달이는 나 혼자 야외수련을 할 때는 늘 함께 했다. 그 후에 나는 서울로 오게 되어서 절에 두고 왔지만 반달이가 나를 찾는지 절 위로 올라오지 않고 일주문을 서성이다가 그 앞에 있는 음식점에 정착했다고 한다. 그래서 한 번씩 내려갈 때마다 만나고 왔는데, 다시 절에 내려와 살 때도 반달이는 그곳에 있었다. 그리고 프랑스세미나를 갈 무렵 반달이 상태가 좋지 않다는 이야기를 들었는데 몸을 잘 가누지 못한 채로 늘 일주문 앞 언덕에 앉아 있었다고 한다. 미동도 없이 몸을 바닥에 내려놓은 채 있다가도 내가 가면 꼬리를 흔들고 조금 움직였는데 그 모습이 마지막이 되었다.

프랑스세미나를 마치고 돌아왔을 때 반달이는 어디에도 없었다. 가게 주인 아저씨 말로는 나를 기다리는 듯이 매일을 일주문 앞에 있었다고 한다. 그러다가 내가 절에 돌아오기 며칠 전에 사라졌다고 한다. 영특한 개들은 때가 되면 떠난다고 하더니 어디 산 속으로 들어가 자연의 일부가 된 듯하다. 절에 오래 살았던 '동아'라는 개도 그렇게 떠나서 일주일 만에 산 속에 누워있던 것을 찾았는데 반달이도 함월산 어딘가에 편안하게 자리를 잡고 누운 듯하다.

예전에 절 뒤쪽 마을에 할머니 한 분께서 반달이 이름을 듣고 이름을 잘못 지었다고 한 적이 있었다. '반달'이라고 하면 오래 살지 못한다고 '온달'이라고 이름을 바꾸라고 했었다. 지금 생각해보면 그것도 영향이 있었을까 하는 마음이 든다. 나를 항상 반겨주고 함께 수련했던 반달이가 그리워진다.

체력왕

2006년 어느 여름날. 골굴사에 상주하며 선무도를 수련하고 있는 지도자들은 각자 새벽이나 한밤중에 이루어지는 공동 수련시간 외에 자신만의 스타일로 수련시간을 갖는다. 그래서 지도자마다 지도하는 스타일, 혼자 수련하는 방법은 조금씩 차이가 있다. 철안 법사님은 늘 조깅을 즐겨하셨는데 그 때문인지 철안 법사님은 '골굴사 체력왕'으로 통한다.

어느 여름날에는 지도진 세 명이서 수련을 하는데 양발점프발차기를 연속해서 연습했다. 양발점프발차기는 양반다리를 하고 합장자세로 앉았다가 순간적으로 양발을 차고 일어나 점프를 하는 고난도의 동작이다. 그날도 우리는 예닐곱 번을 하고 나와 비슷한 연령대의 선배 법사님과 나는 호흡을 고르면서 잠깐 쉬고 있는데 철안 법사님은 계속 뛰어 올랐다. 그 모습을 보고 우리는 반성해야 된다며 철안 법사님의 체력을 실감한 적이 있다. 그 당시 내 나이는 24살이었고 철안 법사님은 나와 띠동갑이었다.

하루는 철안 법사님과 조깅을 하러 새벽부터 준비를 하고 일주문 앞에서 만났다. 그날 조깅 코스는 일주문 앞에서 기림사까지 대략 8km 거리였다. 일주문 앞에서 천천히 달리기 시작했고 우리 옆으로 내가 키우던 진돗개 '반달이'도 달렸다. 가볍게 몸을 풀듯이 양팔을 툴툴 털다가 살짝 발끝에 힘을 주어 속도를 조금 올리기를 반복하며 앞으로 나아갔다. 오랜만에 밖으로 나와 기분 좋은 반달이는 내 앞으로 한참을 갔다가 기다리다가 내가 어느 정도 가까워지면 다시 달려가며 '견조깅'을 즐기고 있었다.

기림사에 도착할 때 쯤 나는 이제 시원한 음료수 한 잔 마시고 가면 되겠다고 생각하며 주머니에 챙겨온 잔돈을 확인했다. 하지만 철안 법사님은 기림사에 도착하자마자 다시 골굴사를 향해 달리기 시작했다. 어쩔 수 없이 나는 돈을 다시 주머니에 넣어두고 호흡을 고를 틈도 없이 따라 달리기 시작했다. 다시 골굴사에 도착하여 나는 호흡을 고르느라 정신없는데 철안 법사님은 일주문 앞 언덕을 웅보(곰의 걸음걸이)로 걸어 올라가고 있었다.

철안 법사님은 근육질 몸매로 보디빌더처럼 몸이 좋았다. 전혀 유연할 것 같지 않은 사람인데 유연성이 엄청 좋았다. 그래서 요즘은 시연을 하게 되면 오체유법(선요가)를 담당해서 하는데 항상 박수갈채가 나온다.

"내가 생긴 것도 그렇고 왠지 전혀 유연성하고는 거리가 멀어 보이는데 유연하니까 의외성 때문에 좋아하는 것 같아."

객석의 박수갈채에 철안 법사님은 좀 쑥스럽다는 듯 변명 아닌 변명을 한다. 골굴사에 있는 모든 사람들도 철안 법사님이 법명이 '철안'이 아니라 '철인'이라며 농담을 하곤 하는데 가만히 다시 보면 몸 관리를 철저하게 하고 있다.

조깅, 선무도, 요가, 산행, 물구나무로 걷기 등 기초체력 다지기를 게을리하지 않고 꾸준히 수련하니 체력이 좋아지는 것은 당연한 것이다. 그 꾸준함을 배워본다. 늘 최선을 다하며 항상 책임감을 가지고 살아가는 그 성품이 몸, 마음에도 책임을 다하여 살아가는 것이 아닌지 생각해본다.

몸을 단련하고 건강함을 지켜나가는 일은 어떻게 보면 내가 살아가는 동안 나에 대한 책임감이 아닐까 한다. 여러 가지 습관들이 크고 작은 내 삶의 방향을 끌고 가게 되며 지금 나를 만들어가는 것처럼 좋은 습관을 만들어가며 살아야겠다.

밤하늘 ◦

밤하늘
저녁 수련을 마치고
밖으로 나와 편안하게 누워본다.

유난히 밝게 빛나는
별빛들이 쏟아질 듯
반짝인다.

짙은 어둠
밤하늘의 별빛은
깊고 깊은 진한 빛을
전한다.

우리의 호흡이

들이쉬면 나가듯이

삶이 그렇듯 짙은 어둠은

더 깊은 빛을 전한다.

밤하늘 별빛에서

우리 삶의 모습을

바라본다.

밤하늘

짙은 어둠에 걸려있는 별이 빛나고

우리의 삶 또한 빛난다.

오늘 하루

새벽 4시 도량석을 듣고 일어나 졸린 발걸음을 법당으로 향한다. 새벽예불을 하고 자세를 바르게 한 후 좌선을 한다. 들이쉬고 내쉬고 호흡을 바라보며 밝아오는 새벽을 맞이한다.

천천히 내려와 숙소에서 잠시 쉬었다가 6시 아침공양을 하러 공양간에 가서 밥과 반찬을 뜬다. 아무리 졸려도 거를 수 없는 아침식사, 오늘도 역시 두부조림이 나왔다. 매일 두부를 먹다가 한 번씩 두부가 안 나오면 그렇게 섭섭할 수가 없다.

식사 후 문주스님과 지도진들이 만나 오늘 하루에 대한 조회시간을 갖는다. 공연과 울력, 특별히 촬영이 있는 날이면 촬영 계획을 세우기도 하면서 오늘 하루가 잘 돌아갈 수 있도록 준비하는 시간을 늘 갖는다.

8시 아침 수련시간. 오전에는 동적인 수련보다는 좌선, 호흡, 오체유법(요가)과 기공 동작 위주로 수련을 한다. 아침햇살이 수련장과 고요히 호흡하고 있는 수련생들의 마음도 환하게 비춰준다. 아침에 이렇게 햇살을 받고 있으면 무언가 살아나는 느낌을 받는다. 밤새 굳어져 있던 몸을 요가동작으로 천천히 풀어낸다. 오체유법, 말 그대로 우리 몸의 다섯 부분인 머리, 등, 배, 팔, 다리 등을 요가동작으로 몸을 부드럽고 유연하게 만드는 수련을 행한다. 오체유법은 몸풀기 기본동작으로 여겨서 자칫 건너뛰기 쉬운 점 때문에 수련 시작 전에는 할까 말까 고민이 되다가도 한 동작, 한 동작이 지날수록 개운하고 시원한 느낌이 참 좋다.

오전 수련을 마치고 한 곳에 모여 동그랗게 모여 앉는다. 오늘은 메밀차가 준비가 되어 있고 옆에 앉아 있던 외국인 수련생 리치가 메밀차를 우린다. 한 사람씩 따뜻해진 찻잔을 받고 구수한 향을 맡아본다. 수련에 대한 이런 저런 이야기와 질문과 답변이 오고간 후 차담 시간을 마무리한다. 차담시간은 혼자 수련하며 가질 수 있는 동작에 대한 여러 의문들을 비롯해서 도복의 의미, 동아가 법당에 들어오게 된 내력, 좌선할 때의 발저림 해소법 등 다양한 이야기들이 오가며 스승과 제자, 선후배의 경험이 공유되는 소중한 자리이다.

수련장에 매트 대신 두툼한 방석을 깔고 108배를 준비한다. 두 손을 가지런히 모아 가슴에 두고 있으면 흩어져 있던 마음이 몸에 안착됨을 느낄 수 있다. 고요한 수련장에서 선명한 죽비 소리에 맞춰 108배를 시작한다. 몸을 낮춰 양손이 닿고, 무릎이 닿는 그 느낌을 바라본다. 천천히 일어나 자세를 잡고 다음 죽비 소리에 맞춰 반복한다. 여러 가지 떠다니던 생각이 놓아지고 어느새 내 몸의 움직임에 고요히 몰입되어 있다.

108배를 마치고 점심식사를 한 후 잠시 휴식시간이다. 철안 법사님, 보림 법사님과 일상에서의 평범한 이야기를 나누고 2시가 되면 좌선 준비를 한다. 골굴사에 머무르는 수련생들이 하나 둘씩 모여 벽을 바라보고 앉는다. 앉아서 호흡하기 좋은 자세를 취하고 어깨와 가슴을 호흡으로 이완한다. 가슴이 이완되어야 깊은 호흡이 자연스러워진다. 고요히 명상에 잠겨 있는 수련자, 졸음과 사투를 벌이고 있는 한 외국인, 다리가 아파 계속 부스럭거리는 학생이 지금

이곳의 모습이다.

좌선을 마치고 담당하는 법사의 말에 따라 울력을 시작한다. 한 팀은 수련장 근처의 낙엽 정리, 나머지 인원은 수련장 1층과 2층을 청소한다. 나는 수련장에 있던 방석을 모두 꺼내어 햇볕에 말린다. 눅눅했던 방석이 뽀송뽀송하게 마르는 것을 보고 있으면 내 마음의 부정적이었던 것들이 개운하게 소독되는 기분이다.

울력이 마무리될 쯤 교범님에게 마무리를 맡기고 지도진은 선무도 공연을 위해 큰 법당 앞으로 간다. 음악을 확인하고 몸을 풀고 있으면 공연을 보기 위해 오신 분들이 모이기 시작한다. 골굴사 안내로 시작해서 각자 맡은 파트를 무리 없이 해내고 정리하고 내려온다.

그리고 다시 식사시간. 저녁식사를 마치고 저녁 예불 전 새로 들어온 템플스테이 참가자들을 모아 오리엔테이션을 한다. 짧게는 하루, 길게는 한 달 이상 있는 참가자들이 조금 더 잘 지낼 수 있도록 상세하게 안내를 한다. 나는 한국인을 안내했고, 한쪽에서는 무정이 외국인들을 안내한다. 절하는 방법을 배우는 외국인의 모습이 사뭇 진지하다.

저녁예불을 마치고 저녁수련을 시작한다. 유연공으로 몸을 가볍게 풀고 오늘은 써클수련이다. 써클수련은 수련장을 동그랗게 돌면서 기본동작, 체력단련, 고난이도 동작을 수련하고 경험해보는 시간인데 30여 명의 수련생들의 열기가 뜨겁다. 맨 앞에 있는 지도자가 한 동작을 하면 뒤따라오면서 동작을 하는 것인데 마지막 고난이도 동작을 보고 눈이 휘둥그레 커지면서 저걸 어떻게 하냐는 미소를 짓는다. 그래도 자기 차례가 오면 나름대로 최선을 다하는 모습이 멋지다.

수련을 마치고 오늘의 수련일지를 작성한다. 몇 명이 나왔고 오랫동안 있던 사람들은 어디까지 진도를 나갔는지 적어둔다. 그리고 나서 숙소로 돌아와 샤워를 하고 잠시 앉아서 좌선을 한 후 잠자리에 든다. 오늘 하루도 이렇게 마무리하고 내일을 맞을 준비를 한다.

조화로움

승형은 다른 무술에서 말하는 품새에 해당된다. 승형을 표현하기 위해서는 기본이 되는 여러 가지 동작들을 수련한 후에 균형, 탄력, 호흡 등이 조화를 이루어야 한다. 한마디로 중심이 서야 하는 것이다. 그래서 정과 동의 조화를 표현하는 승형은 단순히 동작을 외워서 겉모양만을 익혀서는 안 된다. 동작 하나하나에 집중하고 세밀하게 관찰해야 한다. 그래야 마음은 비워지고 동작은 가득 찬다.

3단 심사를 마치고 사범이 되었을 때는 20대이기도 해서 동작을 할 때 힘이 넘쳤다. 지금 내가 20대를 바라볼 때 그 나이 때에 발산되는 특유의 기운이 있다. 파워풀하지만 아직은 정교하게 다듬어지지 않은, 원석 같은 힘으로 자연의 힘이랄까, 하지만 뭔가 끌리는 힘이 있다.

언젠가 TV촬영을 할 때 승형을 시범 보일 기회가 있었다. 카메라 앞에서 열심히 힘 있게 승형을 시범보이고 가빠진 호흡을 가다듬었다. 그리고 몸에 힘을 풀고 있을 때 문주스님께서 다시 동작을

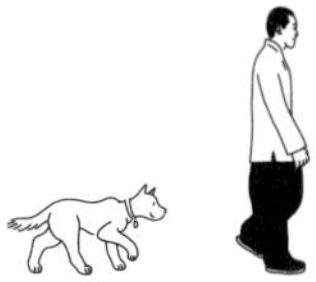

봐주셨다.

"선무도 승형의 모든 동작은 공격과 방어를 위한 것이 아니라 전체적인 조화를 의미하는 거야. 호흡과 동작, 마음이 일치가 되어야 하는 것이지."

그리고 승형의 몇 동작을 직접 시범 보여주시면서 세밀하게 지도해주셨다. 지도해주신 모습을 따라서 수련한다. 어깨에 힘은 과하지 않게, 손끝은 칼날처럼 살리고 몸의 중심은 단전에 두고 몸과 움직임이 하나가 되도록 수련한다. 그러기 위해서는 동작을 하면서 자신의 호흡을 바라봐야 한다.

승형은 한겨울에 한 번만 해도 땀이 뚝뚝 떨어진다. 그대로 자리에 앉아 영정좌관 수련으로 마무리를 한다. 영정좌관은 앉아서 하는 좌선법 중 하나인데 선무도에서는 늘 수련의 마무리로 영정좌관을 한다.

수련을 다 마치고 나서 문주스님께서 한 가지 더 일러주신다.

"무예는 머리로만 익히는 것이 아니라 반드시 신체적인 단련이 필요해. 지금 네가 열심히 발차고 뛰었던 것처럼 참선을 함께 해야 한다."

선무도의 동작을 살펴보면 좌, 우, 상, 하 그리고 정과 동 등 어느 쪽에도 치우치지 않도록 늘 조화를 중요시한다. 천천히 하는 기공은 정적이고, 빠르고 힘 있는 승형은 동적이라고만 생각을 해왔지만 스님께서 일러주신 오늘의 가르침은 '동'이라고 해서 모든 것이 '동'만이 아니라 늘 '동'과 '정'이 함께 있다는 것을 알게 되었다. 그날

이후 나는 승형을 하면서 '동'과 '정'의 완급을 조절하며 호흡을 바라보고 '지금 움직이고 있는 주체를 찾으라.'는 스님의 말씀을 화두삼고 있다.

푸른 눈의 수련자들

골굴사는 선무도가 외국에도 알려져 외국인들도 절을 많이 찾아온다. 나와 함께 EBS '맞수'를 촬영했던 무정을 비롯해 지도자 과정에 있는 외국인들이 계속 이어지고 있다. 군 제대 후 골굴사에 들어왔을 때는 특히 동갑내기 외국인들이 많았다. 노르웨이에서 온 무정을 비롯해 프랑스인 무선, 웨일즈인 케이티, 한참 후에 들어오긴 했지만 캐나다인 헤더, 영국인 사라 등이 있었다.

이 푸른 눈의 수련자들이 선무도를 수련하는데 이 모습 자체가 참 이색적이었다. 한국의 전통무예를 수련하는 외국인들, 한 번은 이런 에피소드가 있다. 주말 공연을 하기 위해서 사범진들이 모여 있는데 그때 안내를 하던 법사님이 한 사람씩 소개를 하는데 "이쪽에 계신 분은 노르웨이에서 왔고, 그 옆에는 프랑스에서 와서 열심히 수련하고 있는 분들입니다. 그리고 이 옆에는 웨일즈에서 왔고요."

그리고 마지막에 내가 있었는데 "이 사범님은 한국에서 오신 분이에요."라고 농담을 했는데 사람들의 반응은 처음에는 '응?' 하고 잠시 갸우뚱하다가 이내 웃었다. 마치 나도 다른 나라에서 온 사람이었을 거라 생각했던 모양이다. 외국인들이 많이 오다보니 나도 다른 나라에서 온 사람이라 해도 전혀 어색하지 않은 분위기였다.

그리고 또 한 번은 법사가 된 후 템플스테이를 진행할 때였는데 수련을 한 후 차담을 위해 자리에 앉아보니 이곳이 한국인지, 외국인지 헷갈릴 정도로 외국인이 가득할 때도 많았다. 다행인건 그 중에 꼭 통역이 가능한 분이 계시다는 것이다. 대화를 해보면 선무도에 대한 궁금증과 배우고자 하는 마음이 더 깊다는 것을 느낄 때가 많다.

물론 외국인 수련생들이 처음부터 적응을 잘하고 동작이 잘 나오는 것은 아니다. 우리는 평소에 늘 하던 동작이기에 쉬울 수 있지만, 그들은 생활문화가 다르기 때문에 어려워하는 동작이 많다. 그 중에 하나가 가부좌이다. 좌선을 하기 위해 가부좌를 하면 두 무릎이 바닥에 닿지 않고 떠있고 그러다 보니 척추는 구부정하기 마련이다. 그렇다고 해서 포기하고 나가는 것이 아니라 그 시간이 끝날 때까지 자세를 익혀보고자 땀을 주륵주륵 흘려가며 앉아있는 모습이 보인다.

지금도 진지한 눈빛으로 동작 하나하나를 배워가던 푸른 눈의 수련자들 모습이 눈에 선하다. 모두 생긴 모양새는 다르지만 선무도라는 주제로 수련하고 있는 그들의 모습을 보면 다른 나라 사람이라는 이질감보다는 우리는 '하나'라는 느낌이 든다. 오히려 선무도에 가까이 있는 우리보다 하나라도 더 배우고자 하는 그들의 태도와 마음을 보면 나 자신도 더 겸손해지고 그 진지함을 배우게 된다.

마음그릇

한여름 오전. 수련을 하기 위해서 선무도대학 1층(수련장)에 내려왔다. 날씨가 더워서인지는 몰라도 몸이 축축 늘어지는 게 그냥 쉬고 싶을 뿐이었다. 수련을 하다 보면 그냥 쉬고 싶을 때가 한 번씩 있는데 이 날은 더위와 맞물려 마음속에 '귀찮다, 쉬고 싶다.'로 가득 차 있었다.

'다시 올라갈까, 말까' 짧은 시간이지만 마음속에 기나긴 고민을 하다가 그 끝에 기왕 왔는데 몸이라도 풀어보자가 가까스로 이겼다. 지도자가 되기 전 수련하러 나갈 때 빠지고 싶은 날 억지로 나갔다가 막상 수련을 하고 나면 개운했던 그 느낌을 믿었던 것이다.

그런데 이날은 쉬려는 마음이 예전보다 강렬했는지 해보겠다는 마음을 먹고 나서도 요가매트를 깔고 자연스럽게 몸을 눕혔다. 편안하게 누워서 호흡하고 잠시만 쉬고 한다는 게 10분, 15분이 될 무렵 문 밖에서 문주스님께서 오시는 소리가 들렸다. 벌떡 일어나 다리를 흔들고 고개를 좌우, 상하로 움직였다.

"아, 선덕, 수련 중이구나!" 하고 문주스님께서는 다른 볼일을 보시러 선무도대학 뒤쪽으로 가셨다.

정신을 차리고 나는 선무도의 오체유법(선요가)을 시작했다. 호흡에 맞춰 몸을 움직이기 시작했고 곧 다리벌리기 동작을 할 때였다. 문주스님께서 오셔서 내 몸과 마음이 확 깨어나서인지는 몰라도 다리벌리기 동작을 하기 전 내 마음이 '아, 다리벌리기, 아픈데, 나중에 할까?' 하는 모습을 볼 수 있었다. 아마도 수련 시작 전 '쉬고 싶다'를 외치고 있던 그 마음이 남아있었나 보다.

그러면서 느껴진 것은 내가 직접 말로 내뱉지는 않아도 내 이야

기를 가장 먼저 듣는 것은 내 몸이라는 생각이 절로 들었다. 다시 한 번 마음을 가다듬고 긴 호흡을 내쉰다. 다리를 천천히 벌리면서 아프다고 느끼는 그 지점, 자극이 오는 곳을 바라본다. 자극이 오면 몸이 긴장이 되기 때문에 나의 상체를 다시 인식하고 길게 내쉬면서 어깨 가슴의 긴장을 풀어준다. 호흡이 안정되면서 조금씩 상체가 바닥과 가까워진다. 아픔은 시원함으로 풀려간다.

그렇게 오체유법을 마치고 일어섰을 때 가벼움, 개운함의 느낌을 지금도 기억한다. 몸과 마음은 하나이기 때문에 내가 어떤 마음을 먹고 있느냐에 따라 내 말을 가장 먼저 듣는 것은 나이고 내 몸이기 때문이다. 마음이 어느 쪽으로 기울어져 있느냐에 따라서 아픔이 시원함으로 바뀌는 것처럼 전환될 수 있다.

우리의 마음그릇에 무엇이 들어있느냐에 따라 기운이 달라진다. 같은 그릇이지만 밥을 담으면 밥그릇, 국을 담으면 국그릇, 쓰레기를 담으면 쓰레기통이 되는 것처럼 수련을 할 때 한 동작 한 동작에 집중하며 내가 어떤 마음으로 몸을 만들어가고 있는지 늘 살펴보며 수련해야 한다. 오체유법을 마치고 묵혀있던 마음도 잘 뚫렸는지 점프가 한결 가볍다.

오체유법

몸과 마음을 조화롭게

오체유법은 오체조관이라고도 하는데 선무도의 선요가에 해당되는 동작이다. 몸을 다섯 군데로 보고 머리, 등, 배, 팔, 다리를 유연하고 조화롭게 하는 수련이다. 오체유법 전체를 다 하지 않더라도 이 앞부분만 반복해서 수련을 해도 몸이 한결 가볍다는 느낌을 가질 수 있고 사람마다 차이는 있겠지만 2~3개월 정도가 되면 유연성이 좋아졌다는 것을 확연하게 느낄 수 있다. ➡

오체유법
허리 숙이기

①

편안하게 다리를 뻗고 앉는다.

②

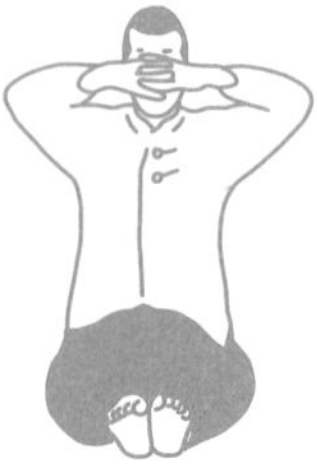

발끝을 밀고 양손을 깍지 끼고 숨을 들이쉰다.

③

내쉬면서 허리를 숙인다.

④

발목, 발끝을 잡고 척추를 늘리듯 몸을 앞으로 당겨준다.

⑤

상체를 일으키며 발목을 자연스럽게 당긴다.

⑥

손바닥이 위를 향하도록 해서 깍지 끼고 숨은 들이쉰다.

⑦

내쉬면서 허리를 숙인다.

⑧

발목, 발끝을 잡고 척추를 늘리듯 몸을 앞으로 당긴다.

⑨

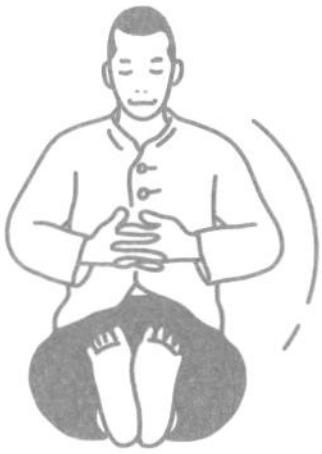

천천히 상체를 일으킨다. 상체를 아래로 숙이는 것보다 머리가 선두가 되어 척추 마디마디를 앞으로 늘려간다는 생각으로 등허리를 쭉 늘린 후 내려간다.

★ 호흡에 맞춰 천천히 하고 몸에 무리가 되지 않게 몸에 맞게 한다.

★ 각 동작을 2회 반복한다.

오체유법
허리 틀기

①

왼쪽 무릎을 세운다. 왼발 뒤꿈치를 오른발 무릎 정도에 둔다.

②

왼손을 뒤로 짚는다. 오른손을 왼쪽 다리에 끼우고 들이쉬면서 허리, 가슴, 목 순서로 천천히 틀어준다. 내쉬면서 원위치로 돌아온다.

③

반대편 동작. 오른쪽 무릎을 세운다. 오른발 뒤꿈치를 왼발 무릎 정도에 둔다.

④

오른손을 뒤로 짚는다. 왼손을 오른쪽 다리에 끼우고 들이쉬면서 허리, 가슴, 목 순서로 천천히 틀어준다. 내쉬면서 원위치로 돌아온다.

⑤

같은 방법으로 실시하고 각 동작을 두 번씩 반복한다. 허리를 틀기 전 반드시 척추를 곧게 세워주고 어깨에 힘을 빼고 틀어줘야 요추에 부담이 없이 잘 풀린다.

오체유법
한쪽 발 뻗고 옆으로 숙여 몸 틀기

①

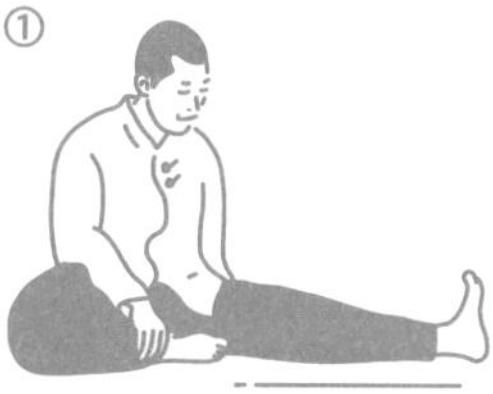

먼저 왼쪽 발을 옆으로 펴고 상체를 바르게 세운다.

②

들이쉬면서 양팔을 편다.

③

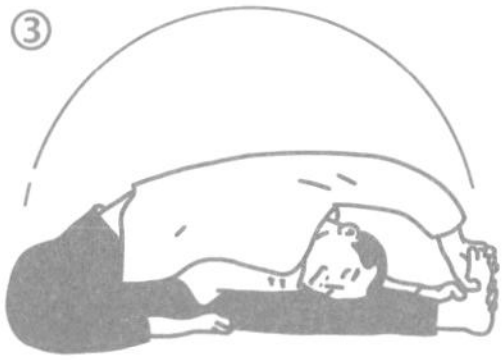

내쉬면서 왼쪽으로 숙인다.

④

들이쉬면서 상체를 세운다.

⑤

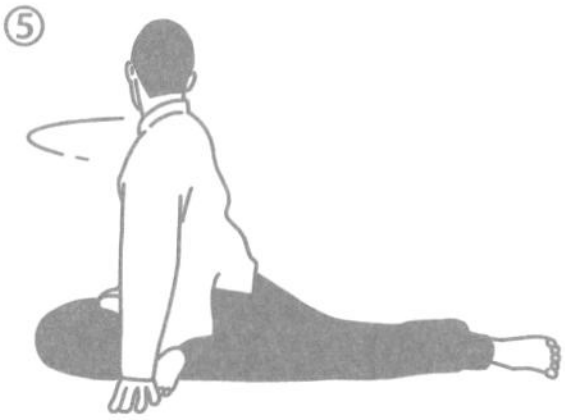

들이 쉰 상태에서 양손을 바닥에 짚어 상체를 바르게 세운다. 그리고 천천히 몸을 오른쪽으로 틀어준다. 고개는 오른쪽 어깨너머로 왼발 뒤꿈치를 바라본다. 이때 호흡은 지식으로 숨을 부드럽게 참는다. 내쉬면서 원위치로 돌아온다.

★ 좌우 2번씩 반복한다.

오체유법
양발 옆으로 벌리기

①

양발을 옆으로 벌리고 상체를 바르게 세운다.

②

양팔을 옆으로 펴면서 들이쉰다.

③

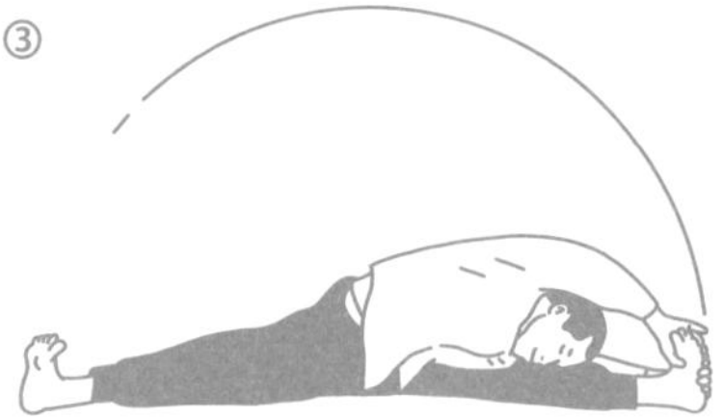

내쉬면서 왼쪽으로 숙인다. 들이쉬면서 상체를 일으키고 내쉬면서 오른쪽으로 숙인다.

④

다시 상체를 일으킨다.

⑤

숨을 크게 들이쉬며 양손을 아래로 돌려 손을 모은다.

⑥

계속해서 들이쉬면서 양팔을 올린다.

오체유법
양발 옆으로 벌리기

⑦

양팔을 옆으로 크게 돌린다.

⑧

숨을 내쉬면서 두 팔을 앞으로 펴면서 상체를 숙인다.

⑨

두 팔을 양쪽으로 편다.

⑩

들이쉬면서 상체를 일으키고 손을 몸 쪽으로 모아온다.

⑪

호흡을 가다듬고 이 동작을 두 번 반복한다.

유연성이 사람마다 다르기 때문에 처음에는 완벽하게 하려는 것보다는 몸에 맞게 천천히 한다. 오체유법 앞부분인 이 네 가지 동작을 호흡에 맞춰 천천히 하루에 3번 이상 반복하면 어느새 내 몸이 가볍고 유연해지는 것을 느낄 수 있다.

화랑도를 꿈꾸는 아이들

화랑도를 꿈꾸는 아이들

우리들은 항상 배고프다

저녁수련이 끝나고 9시가 넘은 시간이다. 사찰은 점점 더 고요해지고 시계소리가 크게 들린다. 사사사삭, 살금살금 무언가 움직이는 소리가 들린다. 잠시 후에 두 명의 아이들이 후다닥 무언가를 들고 숙소로 들어간다. 몰래 따라가 보니 고소한 냄새가 나기 시작한다. 날쌘돌이 멸치(정성)와 송사리(현민)가 숙소 밑에 있는 공양간에 가서 밥과 김치, 참기름을 몰래 가져온 것이다. 목소리들이 크지는 않지만 흐뭇한 웃음소리가 고소하게 들려온다. 먹으려는 찰나에 나는 문을 열고 기습한다.

놀란 아이들의 표정이 재미있다. 완전히 얼어서 무표정한 재익이, 실실 웃는 현민이, 어색하게 웃고 있는 건민이와 운수가 보인다. 그 속에서 절 생활 베테랑 정성(멸치)이가 활짝 웃으면서 능청스럽게 말을 한다.

"법사님 같이 드실래요?"

나는 괜히 무표정하게 말을 한다.

"니들 또 가져왔나? 벌점이다!"

아이들은 다시 어색한 표정을 지으면서 눈치를 본다. 나는 다시 한 번 말을 한다.

"규칙을 어겼으니 체력단련을 해야겠다!" 하고는 아이들의 반응을 본다. 그러고는 "야! 숟가락 하나 줘봐."라고 하니 아이들 얼굴이 환해지는데 그렇게 빛이 날 정도로 환할 수가 없다.

언제나 배고픈 나이에 먹고 싶은 고기도 자주 못 먹는데 이런 작은 즐거움을 아이들에게서 뺏고 싶지 않다. 드디어 능력자라 불리는 멸치가 맛있게 비벼놓은 밥을 맛본다. 먹는 그 순간에는 아이들과 동화되어 지도법사와 학생의 벽은 없다. 함께 먹으면서 아이들의 일상과 생각 속으로 들어가 보는 것이다. 그러다 보면 자연스럽게 아이들과의 대화가 이루어진다. 요즘 무엇을 제일 하고 싶은지 어떤 점이 힘이 드는지 묻지 않아도 하나씩 이야기가 나온다.

"법사님! 요즘 말 타는 게 재밌어졌어요!"

"아, 나는 말 안탔으면 좋겠다."

"난 말 타면서 활 쏠 수 있는데!"

"거짓말하네!"

이런저런 이야기가 나오면서 티격태격하기도 하고 서로 공감하면서 웃음소리가 커진다. 이런 아이들을 지켜보니 내 어린 시절이 떠오른다. 말썽꾸러기였던 나는 동네에서 꽤나 유명했다. 절에 가서는 벌집을 건드린 후 도망가고 남의 집 대문 벨을 누르고 도망가기도 했다. 친구들과 매일 축구하고, 농구하고 저녁 늦게 꼬질꼬질하게 들어

와 부모님께 혼이 나곤 했다. 그러고는 또 언제 혼이 났나 싶을 정도로 뛰어 놀고 배고프면 집에 들어와서 대접 한가득 밥과 고추장, 참치, 참기름을 비벼먹고 다시 놀러 나갔던 기억이 난다.

내가 어렸을 적에 있었던 일들이 이제는 추억인 것처럼 화랑아이들도 현재는 행복을 쌓고 있는 것이란 생각이 든다. 비빔밥 하나로 아이들의 행복한 미소를 보면서 고맙다는 생각이 든다. 요즘 학교에서는 선생님과 학생들 간의 문제가 심각하다. 학생이 수업시간에 선생님에게 폭력을 쓰거나 욕을 하기도 한다는 기사를 제법 접한다. 상상할 수 없었던 일들이 벌어지고 있는 것이다. 그래서인지 화랑아이들의 미소가 더 맑게 느껴진다. 웃음소리가 커지면서 아이들은 배도 채워지고, 마음도 행복으로 채워진다.

절에 사는 아이들

5시 기상

5시 30분 예불, 행선 또는 좌선, 달리기

6시 30분 아침공양(식사)

8시 30분 학과수업

11시50분 점심공양

1시 30분 특성화 교과(승마, 국궁, 민요) 또는 울력

5시 30분 저녁공양

6시 30분 예불

7시 선무도 수련

9시 점호

9시 30분 취침

위 일과표는 골굴사에 사는 아이들의 하루 일과표이다. 기본 절 생활과 조금 다른 점은 오전은 검정고시를 보기 위해 교과수업을 받는 것이다. 스케줄을 보면 아마도 많은 사람들이 놀랄 것이다. 굉장히 활동적인 스케줄이다. 아이들이 처음 들어오면 이러한 스케줄에 부담을 많이 느낀다. 물론 어른들도 이렇게 매일 생활한다는 것은 정말 쉽지 않다. 새벽에 일찍 일어나는 것을 가장 힘들어하는데, 막상 아이들은 아프거나 특별한 일이 없는 경우는 한 번도 빠진 적이 없다.

새벽예불을 하다보면 반야심경을 외우는 목소리가 크게 잘하는 경우도 있지만, 점점 목소리가 작아지면서 졸면서 옹알이 하듯이 하는 경우도 있다. 그래도 대단한 것은 새벽예불에 빠지지 않는다는 것, 옹알이를 하더라도 염불을 놓치지 않고 한다는 것이다. 이러한 것들이 바탕이 되어 쉽지 않은 절 생활을 잘 하고 있는 것이란 생각이 든다. 그런데 다르게 생각해 보면 모든 결정은 마음가짐에 따라 달라진다. 보통은 이런 스케줄을 보고는 '어휴, 힘들어서 어떻게 해.'라고 하겠지만 분별없이 막상 안으로 들어와 보면 그 안에 또 다른 재미가 있다.

예전에 내가 서울에 있는 선무도 서울본원에 있을 때의 일이다. 수련을 마치고 수련생들과 차담 하는 시간이 있었다.

"법사님, 그렇게 절제하는 생활이 힘들지 않으세요?"

한 수련생이 이런 질문을 했다. 그 수련생의 기준에서는 내 모습이 절제해서 생활한다고 생각한 모양이다. 절제라고 하면 일반적으로 하고 싶은 것들을 자제하고 정해진 것에 따라 생활한다는 것인데 나는 절제하며 살아간 적이 없다. 그런 생활이 내 몸에 익숙해져 그냥 생활한 것이다.

간혹 이러한 보는 기준이 다르기 때문에 외부 사람들은 절에서 사는 아이들이 안 되어 보이나 보다. 그래서 도와준다고 용돈을 주거나 먹을 것을 주거나 하는데 사실 이것은 도와주는 것이 아니다. 아무래도 아이들이기 때문에 어른들이 무언가를 주면 바라게 되는데 이런 것들이 습관이 되면 스스로 하기 보다는 나태하게 만들기 때문이다. 현재는 부모님과 떨어져서 살고 있기 때문에 그런 것들은 어떤 것을 계속 바라고 기다리게 만든다.

또 도와준다고 하는 동정하는 그 기운이 아이들을 보이지 않게 위축시키기도 한다. 그렇게 되다 보면 아이들은 쉽지 않은 절 생활을 하게 되는 것이다. 이처럼 아이들도 남들이 보기에는 쉽지 않은 생활을 하는 것 같지만 화랑아이들에게는 쉽다, 쉽지 않다의 개념에서 벗어난 그냥 자기들의 생활인 것이다.

한 번은 이런 적이 있다. 선무도 공연이 끝난 후에 건민이가 허름한 옷을 입고 법당 앞에 있었는데 지나가던 분이 용돈을 주고 가신 것이다. 건민이가 당황해 하면서 나를 본다.

"건민이 인기 많네!" 그러자 건민이가 "법사님 이거 어떻게 해요?" 하고 묻는다. 그래서 나는 이렇게 받는 것이 습관이 되지 않았으면 하는 마음으로 질문한다. 결정은 건민이에게 맡긴다.

"건민아, 음료수 사먹고 남은 돈은 어떻게 할래?" 했더니 남은 돈은 보시함에 넣겠다고 하고 정말로 남은 돈을 보시함에 넣었다. 대견스러워서 나는 일부러 절에 있는 스님, 법사님, 사범님들을 만날 때마다 그 얘기를 한다. 그러면 모두 건민이에게 다정한 칭찬을 한다. 그럴 때마다 건민이는 "모르겠어요……."

괜히 부끄러워 이렇게 말하지만 스스로 한 행동에 대해서 자신감과 용돈보다도 귀한 사랑을 받고 있다는 것을 알게 되었으리라 생각한다.

이런 화랑아이들과 가끔씩 나의 어릴 적과 비교를 해보면 기특함을 다시 느낀다. '내가 저 나이 때 이곳에 있으면 저렇게 생활할 수 있을까?'라고 생각해 보면 난 아마도 도망갔을지도 모른다. 그렇게 보면 화랑아이들이 대단하다. 또 많이 배운다.

내가 아이들과 생활을 하지 않고 혼자 있었다면 게을러지기 쉬웠을 것이다. 예를 들어 아이들에게 이불을 정리하라고 하고 나는 정리하지 않고 다니지 않을 수 없는 노릇이다. 이러한 사소한 생활에서부터 아이들에게 다시 배운다. 절에서 사는 화랑아이들은 나에게 또 하나의 스승이다.

정월대보름 달빛 아래

골굴사는 함월산에 있다. 달을 머금는다 해서 함월산이라 이름이 지어졌는데 보름이 다가오면 달빛이 굉장히 아름답다. 그야말로 '쟁반

같이 둥근 달'이 정말 손에 닿을 듯이 가까이, 깨끗하게 보인다. 내가 있는 방은 3층인데, 이때마다 내 방문 앞에 등을 환히 비추며 공부 잘 하라고 지켜주는 신장님 같다는 생각도 든다.

오늘은 정월대보름이다. 하루 일정을 모두 마치고 번뜩 생각이 들었다. 아이들과 달맞이를 다녀오면 좋겠다! 그리고는 저녁 공양을 하고 아이들을 모아 바닷가로 출발했다. 함월산 골굴사도 달을 잘 볼 수 있지만 오늘은 아이들과 바람도 쏘일 겸 바닷가로 향했다. 시간이 조금 늦어서인지 행사는 모두 끝난 상태였다. 그러나 아이들 마음속의 행사는 이제 시작이다.

"와!"

아이들은 차에서 내리자마자 바닷가로 달려간다. 해변에 가니 여러 사찰에서 밝혀놓은 수백 개의 등이 보인다. 서서히 어두워지면서 수평선 위로 달이 고개를 들기 시작한다. 화랑아이들은 뛰어놀기 바쁘다. 사실 아이들에게는 달맞이 보다는 차를 타고 바닷가로 외출한 것이 좋은 모양이다. 정성이와 운수는 바다를 보며 이야기를 나누고 있고 재석이는 혼자 걷고 있다. 현민이와 건민이는 뛰어놀다가 선무도 수련에 경쟁이 붙는다.

"법사님! 저 하는 것 좀 봐주세요!"

건민이가 이렇게 말하고는 선무도의 무술 첫 번째 단계인 1승형을 해변에서 멋지게 선보인다. 제법 진지하다. 달빛 아래 화랑의 무예라! 꽤 멋지다는 생각이 든다. 그러나 이런 아이들을 보고 있으니 멋지기보다는 동글동글한 악동 같아 귀엽다. 건민이가 조금 흔들거리자 현민이가 빈틈을 노린다.

"저도 해볼게요!" 하며 현민이 특유의 실실거리는 웃음과 함께 화랑의 무예를 이어 나간다. 집중력이 더해져 손끝, 발끝이 날카롭다. 건민이가 밀리지 않기 위해 옆에서 따라한다.

정월대보름 달빛 아래 넓은 바다를 안고 아이들이 움직일 때마다 날리는 모래알과 움직이는 그림자가 엽서에서나 보는 그림 같다. 우리는 보통 달을 보고 마음속으로 기도를 하면서 무언가를 바라지만 이 두 화랑은 몸으로 편지를 써서 이 그림 같은 엽서를 달님에게 보내고 있다.

도복을 정리하듯

수련을 할 때면 상의와 하의 도복을 입고 띠를 맨 후에 가지런히 정리한 후 인사를 한다. 그렇게 몸과 마음을 가지런히 정리하면서 수련이 시작된다. 도복의 상태나 입고 있는 모양을 보면 그 사람의 됨됨이 상대 등이 어느 정도 파악이 된다. 우리가 앉아서 호흡을 하거나 발차기를 하는 것만이 수련이 아니라 그 때 그 때의 순간이 모두 수련의 연속이다. 그렇기 때문에 수련을 할 때 입는 도복을 깔끔하게 입고 또 가지런히 정리해 놓는 것이 수련자의 기본자세이다.

화랑아이들은 처음에 들어오면 대게 도복 바지만 구입하여 입는다. 상의는 대체로 승단심사를 볼 무렵에 사서 유단자가 되면 입곤 한다. 유급자가 입어도 상관은 없지만 현재 아이들은 이렇게 하고 있다.

화랑아이들 중에서는 현재 정성이만 유단자이다. 어느 날 수련을 시작하려고 준비하는 사이 재석이가 도복을 깔끔하게 정리해서 입고 있는 것이다.

"오! 재석! 도복 멋지네!"

"네! 이제 수련을 좀 열심히 해보려고요!"

재석이의 의외의 말에 살짝 당황했지만 반듯해 보이는 것이 또랑또랑해진 것 같다. 그래서인지 몰라도 수련에 몰입하는 모습이 사뭇 진지하고 근엄하다. 여름이 다가오는 지금 시기에 땀을 흠뻑 흘리고 호흡을 가다듬고 있다.

"자! 도복상의를 벗고 하자."

내 말이 끝나자 정성이와 재석이는 도복상의를 벗는데 뒤에 훌러덩 던져 놓는다.

"정성, 재석! 도복 가져와."

그리고는 도복은 자신의 몸처럼 항상 잘 다뤄야 한다고 얘기를 해주고 도복을 정리해 놓는 방법을 알려준다. 화랑아이들이 도복을 개는 방법을 승형(일반적으로 태권도에서 말하는 품새)을 할 때처럼 집중해서 보고 있다. 반듯하게 정리되어진 도복이 신기한지 바로 자신의 도복을 정리해 본다. 한 쪽에 도복상의를 정리해서 두자 다른 아이들의 반응도 재밌다.

"와, 멋지다."

"나도 사야겠다."

아이들은 도복이 그저 멋있어 보여서 입겠다고 할 수도 있겠지만 정리하고 입고 관리하는 방법을 통해서 마음도 다져지는 것을 느낄 수 있다. 도복을 잘 정리하듯 자신의 마음도 정리를 할 수 있는 것이다. 이로써 무언가 행동을 할 때도 신중하고 경솔하지 않게 하는 방법을 배운다. 수련을 하고서 거칠어진 호흡을 처음에 조화로웠던 상태로 되돌리는 것처럼 잘 정리된 도복을 통해서도 몸과 마음을 조화롭게 하는 마음을 배워간다.

달빛 아래 。

달을 머금은

함월산 달빛아래

도복을 입고 야외 수련장으로

나선다.

조명이 켜진 듯

밝은 함월산의 보름달에서

몸으로 그림을 그린다.

때로는 부드럽게

때로는 강하게

손끝으로 허공에

그려지는 가늘고 굵은

선이 선명하게 내 마음에 그려진다.

빵 굽는 냄새가 고소하게 퍼지고

몇 년 전 선무도 서울본원에 다닐 때 지하철을 타고 안국역에 내려서 갔던 기억이 난다. 수련장은 창덕궁 앞에 있었는데 오전 수련반이 있기에 아침 일찍 나와야 했다. 안국역에 내리면 빵집이 하나 있는데 아침에 빵 굽는 냄새가 참 좋았던 기억이 있다.

어느 날 하루 일정을 끝내고 3층 내 방으로 가고 있는데 빵 굽는 냄새가 고소하게 퍼지고 있었다. 그 냄새가 나는 곳을 찾아보니 정성이 방이었다. 방에 들어가자 애들은 줄을 맞춰 앉아서 초롱초롱하게 무언가를 기다리고 있었다. 그 앞에 정성이가 오래된 토스트기로 빵을 구워 치즈, 잼, 마가린을 첨가해 샌드위치를 만들고 있는 것이었다.

"법사님, 빵 하나 구워드릴까요?"

정성이가 환하게 웃으며 물어 본다.

"야, 이건 또 어디서 났어?"

어디서 구했는지 신기해서 정성에게 물어봤다.

"승마 교수님이 안 쓰신다고 주셨어요."

정성이는 재주가 많은 녀석이다. 생각하는 것이 일반 아이들과 많이 다르다. 토스트기처럼 무언가를 잘 구해오거나 잘 주워 와서 다용도로 쓰기도 잘한다. 물론 다른 일도 잘한다. 하루는 내 방에 인터넷 선을 설치하는데 정성이가 도와줘서 잘 끝난 적도 있다. 그 이후로 나와 사범진은 '멸기사(별명: 멸치)'라고도 부른다. 때로는 산 속으로 가서 대나무를 캐어 와서 자르고 굽고 하더니 떡하니 죽비를 만

들어 사범진에게 선물하기도 했다.

이번에는 화랑 빵집이다. 정성이가 마가린을 빵에 바르고 그 위에 치즈를 얹어서 빵을 굽는다. 오래된 토스트기라 손으로 꺼내야 한다. 타이밍을 잘 보고 있다가 구워졌다 싶을 때 꺼내야 한다. 그때의 정성이의 눈빛과 몰입과 열정은 벽을 보고 앉은 선사가 따로 없다. 정성이는 어떻게 그 감을 아는 걸까. 이 샌드위치를 만드는 과정이야말로 눈으로 보고, 코로 냄새 맡고 손으로 재빠르게 꺼내는 오감이 살아 있는 공부다. 좋아하는 일은 이렇게 자신도 모르게 집중력과 오감이 살아있는 작용을 쓰게 된다. 빵이 구워졌나 보다. 빵을 꺼내서 잼을 발라 나한테 준다. 먹어보니 제법 맛이 있다. 애들은 맛있게 먹으면서도 잼을 더 발라달라고 하고, 치즈를 하나 더 달라고 하기에 주문이 밀린다. 귀찮을 법도 한데 정성이는 별 말없이 기다리라고 금방 된다고 하면서 정성스럽게 샌드위치를 만들어 준다.

정성이가 처음 화랑학교에 입학했을 때는 엄청난 말썽꾸러기였다고 한다. 남의 물건도 훔치기도 하고 거짓말도 너무 많이 해서 이런 버릇을 고치려고 화랑학교에 입학을 하게 되었다고 한다. 지금은 그런 나쁜 버릇을 완전히 고쳤다. 그렇게 말썽꾸러기였던 아이가 지금은 이것저것 구해다가 용도 맞게 고쳐서 아래 동생들에게 베풀 줄 아는 아이가 되어있는 것이 신기하다. 이런 모습을 보면 정성이를 다시 한 번 보게 된다. 그리고 속으로 '자식, 잘 컸네.' 하고 중얼거린다.

정성이는 화랑사관학교의 기둥이다. 가장 오래 있기도 했지만, 스스로 변화를 하면서 주위사람의 인식도 변화시켰다. 그래서인지 더욱 믿음이 간다.

사람들에게 심어졌던 인식을 바꾸는 게 쉬운 일이 아니다. 보통 사람들은 노력을 하다가 남 탓만을 하면서 포기하고 더 삐딱하게 나가는 사람이 많은데, 정성이는 남을 변화시키려면 먼저 자기 스스로 변화해야 되는 것을 알고 그 어려운 일을 해냈다. 그리고 지금은 베풀 줄 아는 마음을 가졌다. 고소한 빵의 향기를 모두 좋아하는 것처럼 정성이도 모두가 좋아하는 향기가 묻어나는 사람이 된 것이다. 나는 오늘 정성이에게 또 하나 배운다.

믿고 따를 수 있는 스승이 있다는 것

5월 15일 스승의 날이면 절에서도 카네이션을 하나 사서 담임 선생님께 드리고 같은 반 학생들끼리 스승의 노래를 부른다. 언젠가는 이벤트로 케이크를 사와서 선생님께 드리고 장난기 많은 학생은 손가락에 케이크를 조금 발라 기념사진을 찍을 때 선생님 볼에 살짝 바르기도 한다. 사진을 다시 보면 어느 한 사람도 빠짐없이 모두 활짝 웃음꽃이 피어있다.

2013년 5월 14일 밤. 수련시간이 끝나고 점호도 끝난 시간이었다. 방에 앉아 있는데 애들끼리 무언가 상의하는 것 같기도 하고 조용해졌다가 또 왔다갔다 걸음소리가 들린다. 나는 속으로 '이 놈들이 취침시간이 지났는데!' 하고 아이들 방으로 간다. 문 앞에서 운수를 만났다. 무언가 열중했는지 눈이 반짝반짝하고 볼이 살짝 붉어져 복숭아 같은 얼굴이다.

“너희들 왜 안자고 있지?”

“편지 쓰고 있어요!”

“무슨 편지를 이 시간에 써?”

“내일 스승의 날 편지요!”

내일이 스승의 날이라서 다 같이 편지를 쓰고 있던 모양이다. 생글생글한 얼굴을 하고 있는데 바로 자라고는 못하고 너무 늦지 않게 자라고 당부한 후에 방으로 돌아왔다.

다음날 스승의 날 행사가 진행되었다. 절에 있는 모든 식구들이 모여 스승의 날 행사에 참여했다. 케이크도 자르고 꽃도 달아드렸다. 화랑아이들도 참여했는데 사범진이 사부님이신 문주스님께 예를 올리고 감사하는 마음을 전달하는 것을 아이들이 유심히 바라본다. 문주스님께 스승의 노래를 불러 드리고 기념사진 촬영을 한다. 모두 흐뭇한 미소를 담고 있다. 문주스님께서 자리를 비우시고 행사가 끝나자 화랑아이들이 웅성웅성 대고 있다. 아마 아이들이 준비한 꽃과 밤늦게까지 준비한 편지를 드릴 타이밍을 찾고 있는 듯하다. 그리고 상의를 다했는지 한 명씩 꽃을 들고 각자 준비한 선생님, 스님, 사범진에게 꽃을 달아준다.

운수가 내 앞으로 온다. 가슴에 카네이션을 달아주는데 나는 아직까지는 내 가슴에 카네이션을 다는 것이 어색하다. 아이가 꽃을 달아주는 동안 가슴에 잔잔한 파동이 느껴진다. 운수가 편지 한 통을 내민다.

“법사님 제가 최고죠?!”라고 말하며 웃으면서 엄지를 치켜세운다.

나는 웃음으로 대답하고 앉아서 편지를 읽는다. 편지 내용이 아주 솔직하다. 학교 다닐 때는 못 된 짓도 많이 했는데 골굴사에 들어와서 마음을 잡고 하고 싶은 것이 생겼다며, 불교학자가 되겠다고 한다. 좀 의외였지만 운동도 잘하는 운수는 선무도를 하면서 공부를 하면 충분히 가능하리라 본다. 지금 내가 걷고 있는 길을 따라 오겠다는 어린 친구들이 있다는 것이 고맙고 뿌듯하다.

나는 어릴 적에 하고 싶은 게 없다는 것이 고민이었다. 선무도를 하고 있었지만 그 때는 지도자의 길을 걷고자 했던 것은 아니었기 때문에 학창시절에는 꿈이 없다는 것이 항상 고민이었다. 하고 싶은 게 없었기 때문에 무엇을 해도 성취감이나 만족감, 집중, 열정 같은 게 없었다. 그 후 군대를 다녀오면서 내가 가장 즐기면서 하고 있는 것이 선무도였다는 것을 믿고 선무도인으로서 꿈을 가지게 되었다.

그때부터 신기한 일이 벌어졌다. 삶, 인생이라는 것에 하고 싶은 것을 찾아 뿌리가 내리자 그것을 중심으로 하고 싶은 일들이 연달아 가지를 뻗기 시작한 것이다. 그래서 그 당시 가지 뻗은 것들을 모두 적어보았다. 그리고 한 7년이 지나서 다시 보았더니 열매를 맺은 것들도 꽤 생겼다. 지금 돌이켜 보면 사부님이신 문주스님과 항상 같이 있으면서 선무도에 대한 꿈을 자연스럽게 키워가지 않았나 싶다. 이러한 스승님이 있다는 것은 정말 행복한 일이다.

운수가 선무도를 하고 또 우리 사범진을 보면서 꿈을 키우겠다는 것은 고마운 일이다. 동시에 꿈을 찾았다는 것이 얼마나 행복한 일인가를 운수도 느끼고 있었으면 좋겠다는 생각이 든다.

야외수련장으로 나와 편지를 읽고 잠시 눈을 감는다. 맑은 산의 기운이 느껴진다. 저 멀리서부터 바람이 불어온다. 바람이 얼굴을 지나가면서 세 장의 사진을 보여준다. 첫 번째 사진은 학창시절 담임 선생님이 계시고 주위에 우리 반 아이들이 선생님 가슴에 꽃을 달아주고 있다. 두 번째 사진은 화랑아이들과 내가 있고 나는 편지를 읽고 있다. 세 번째 사진은 운수가 가슴에 꽃을 달고 있고 주위에는 뒤를 이어가는 아이들이 있다. 세 장의 사진에 있는 사람들 모두 활짝 웃음꽃을 피우고 있다.

나는 할 수 있다

재석이를 처음 만난 것은 화랑 수련회 때였다. 골굴사에서는 화랑사관학교의 계절학기 개념으로 방학 때마다 수련회를 하고 있다. 이는 20년이 넘은 전통을 가지고 있다. 방학 때 많은 학생들이 와서 심신을 단련하고 마음의 안정을 찾아 집으로 돌아간다.

처음 본 재석이는 엄청 말랐고 머리도 오랫동안 감지 않아 기름기가 좌르르 흐르고 있었다. 그래서 수련회 기간 동안 위생 상태가 안 좋다고 혼이 많이 났다. 그렇게 한 달을 지내고 집으로 갔는데, 몇 달 지나서 다시 온 것이다. 왜 왔나 물었더니 컴퓨터를 너무 많이 하고 있어서 부모님들이 화랑학교에 보내기로 결정을 하셨단다. 그렇게 다시 재석이와 만나서 이번에는 화랑 일원으로 같이 생활을 하게 되었다.

재석이는 어렸을 적부터 컴퓨터를 많이 해서 그런지 운동신경이 빵점이다. 내가 선무도를 지도할 때 잘 안 되는 분들이 있으면 왜 안 되는지 흉내를 내면서 아이들에게 가르쳐 주는데 재석이의 몸동작은 도저히 따라 할 수가 없을 정도였다. 몸과 마음이 따로 놀고 있다는 느낌으로 재석이도 자신의 그런 부분을 잘 알고 있었다. 그래서 선무도 수련시간에는 일부러 더 엄하게 혼도 내가면서 동작을 연습시켰다. 그 때 내 생각은 많은 동작보다도 우선 한 동작을 완벽히 하고 넘어가는 것이 좋겠다고 생각했다. 한 번 움직임의 감이 오면 다음에는 조금 더 쉽기 때문이다. 그래서 한 동작씩 연습을 시작했다.

선무도를 가르치며 재석이에게 더욱 엄하게 했던 것은 '나는 원래 못해, 원래 이랬어.' 이렇게 스스로 포기하기보다 '할 수 있다!'를 심어주고 싶었던 것 같다. 그렇게 한 달, 두 달, 세 달이 지나자 재석이가 몰라보게 성장해 가고 있다는 느낌이 들었다. 장족앞차기라는 동작이 있는데 어느 날 문득 봤는데 재석이의 다리가 쭉쭉 올라가고 있는 것이었다. 물론 운동을 해왔던 아이들처럼 동작이 섬세한 부분까지는 살아있지 않았지만 그 정도의 움직임이라면 자기가 움직이고자 했던 마음과 몸이 어느 정도 가까워진 것으로 보였다. 몸은 절대로 마음이 살아있지 않으면 원하는 동작이 나오지 않는다. 그저 습관대로 움직일 뿐이다. 마음이 몸을 보고 있어야 내가 하고자 하는 동작이 나온다. 그것이 마음과 몸이 가까워진 것이다. 재석이는 수련장에 있던 사람들 모두에게 큰 박수를 받았다. 성격도 그 때부터 활발하게 바뀐 듯하다. 장난도 잘 치고 말도 잘하고 심지어 몸무게도 정상적으로 보기 좋게 살이 올랐다. 재석이 아버지께서 절에 들리셔

서 하시는 말씀도 어렸을 적에 활동적이고 밝은 모습이 다시 보이기 시작하는 것 같다며 좋아하셨던 기억이 난다.

사실 재석이가 들어와서 바로 적응을 잘 한 것은 아니다. 아마 반성문, 탈출 경험은 재석이가 화랑아이들 중 넘버원일 것이다. 힘들면 나가고 다시 오고를 몇 번이나 반복했다. 그러다가 움직임이 좋아지고 마음도 긍정적으로 밝아졌다. 지금은 이제 곧 1단 승단심사 보기를 기다릴 정도로 몸과 마음이 많이 좋아졌다.

"법사님, 이 동작 좀 봐주세요."

이제는 수련을 할 때 동작의 부분적인 섬세함까지 잡아가고 있을 정도이다. 이렇게 모습들이 밝아지자 놀라운 것은 예전의 모습들, 그러니까 재석이에 대해서 알고 있지 못했던 부분들이 나타나기 시작했다. 예를 들면 피아노 연주 실력, 목탁을 치는 리듬감, 달리기 등 다양하게 감춰져 있던 모습들이 하나하나 나타나기 시작했다.

이 녀석이 가능할까 했던 것들이 괜한 걱정이었다는 듯, 보란 듯이 좋아지고 있다. 처음에 절에 오게 되었던 이유인 컴퓨터도 이제 많이 줄였다. 그리고 지금은 잘 씻고 깔끔해졌다.

재석이의 변화 모습은 그 자체가 '나는 할 수 있다!', '누구나 마음먹으면 할 수 있다!'를 온몸으로 전해주었다. 가장 중요한 점은 그 기간 동안 부모님이나 법사들은 아이의 본성을 믿고 기다려주는 것임을 재석이를 통해서 다시 한 번 배우게 되었다.

마음을 비워 몸을 날려라

"숙소 정리 상태 미흡!"

"수련시간 지각!"

"위생상태 불량! 마지막 경고!"

규칙적인 생활을 잘 하다가도 가끔씩은 마음이 헤이해질 때도 있다. 아이들 같은 경우는 특히나 초반에 잡아주지 않으면 이런 규칙들은 순식간에 무너지는 경우가 많다. 다시 흐트러진 마음을 일으키는데 시간이 많이 걸리기 때문이다.

세 번의 경고가 주어지고 저녁 공양을 마친 후에 아이들 숙소에 문을 열고 들어간다. 건민이와 현민이는 점퍼를 아무데나 던져 놓고 책가방은 입구를 떡하니 막고 있다. 그러고는 레고 놀이에 정신이 없다. 정성이는 옆에서 이불도 다 펼쳐놓고 잠을 자고 있다. 옆방으로 이동해 본다. 재석이와 운수의 방은 많이 지저분하지는 않았지만 화장실, 방, 입구 전등을 모두 켜놓고 밖에 나가 있다.

나는 정성이를 깨우고 아이들을 소집한다.

"오늘은 체력단련을 하겠다! 모두 예불이 끝나고 108계단으로 집합할 것!"

불호령이 떨어지자 아이들이 이제야 조금 정신이 들었나 보다. 황급히 숙소 정리에 들어간다. 넌 어딜 치워라, 쓰레기를 버리고 와라 등등 시끌시끌 바쁘게 움직인다. 아이들이 숙소 정리를 마무리하고 예불이 끝나자마자 달려서 108계단에서 집합한다.

108계단 수련에 들어간다. 강한 체력을 기르기에는 이 108계단

수련만큼 좋은 것이 없다. 팔굽혀 펴기를 하면서 올라가고 발차기를 하면서 내려온다. 또 뜀뛰기를 하면서 올라가고 웅보(곰의 걸음걸이)로 내려온다.

아이들은 처음에는 요령을 피워서 적당히 하려는 생각으로 눈치를 본다. 정성이는 우직하게 하고, 건민이는 내가 다른 아이들을 보는 사이에 슬쩍슬쩍 108계단을 걸어오려다 걸린다. 긴장했을 때 특유의 표정이 나타난다. 순박해 보이기도 하는 이런 표정이 벌을 주지만 귀여워 보인다. 그래도 분위기상 처음 계단으로 돌려보낸다. 운수는 큰 덩치를 움직이느라 다른 녀석들보다 두 배는 더 힘이 들어 보인다. 헉헉 거리며 멈춰있다.

이렇게 종목을 바꾸어 5번 왕복. 아이들의 얼굴에서 땀이 주륵주륵 흐른다. 처음에는 어떻게 하나 싶은 얼굴들이었는데 그 동안 쌓인 체력 덕분인지 갈수록 조금씩 미소가 보인다. 처음 들어왔을 때 체력과 지금의 체력을 비교해 보면 자기들도 신기한가 보다. 건민이나 현민이는 아직 어리기 때문에 완벽히 따라 올 수가 없다. 정성이가 이끈다. 파이팅도 불어 넣으면서 꼬맹이들을 힘겹게 데리고 올라왔다. 표정에서는 이미 게으름을 피우고 싶은 마음의 적을 내보낸 듯한 얼굴들이다. 운수는 얼굴이 붉게 올라왔다. 잠시 쉬는 동안에 한쪽에서 발차기를 연습하고 있다. 하나를 마음잡고 시작하면 매우 열성적으로 하는 것이 운수의 매력이다. 재석이는 약수를 마시고 있고 정성이는 건민이와 현민이를 다독이고 있다.

아이들 얼굴에는 이미 벌로 체력단련을 받는다는 무거운 마음,

게으름 부렸던 마음들은 모두 날려버린 듯한 얼굴이다. 오히려 그저 수련을 하는 모습이다. 함월산 달빛아래 마애부처님이 바라보고 계시고 그 밑에 아이들은 마음을 비워 몸을 날린다. 수련을 마치고 아이들과 다 같이 절 마당에 누워 달빛 별빛을 본다. 밤하늘에 별빛이 반짝거리고 그 아래 별빛 같은 아이들의 눈망울도 반짝거린다.

1500년 시공간을 뛰어넘어

골굴사는 1500년 전에 인도 광유스님 일행에 의해서 창건되었다. 그 당시 인도 사원양식은 규모가 큰 석굴로 되어 있는 절이 많았다. 아잔타 석굴, 엘로라 석굴 등이 그 예라고 할 수 있는데 골굴사는 인도의 큰 석굴사원의 축소판이라 볼 수 있다. 현재는 하나의 굴법당이 조성이 되어 있고 나머지는 석굴의 흔적만 남아있다. 겸재 정선의 '골굴 석굴도'를 비롯해서 여러 그림속에 석굴암이 있고 또 다른 곳에 골굴사의 석굴이 석굴암보다도 더 크게 조성되어 있었던 그림이 남겨져 있다.

화랑아이들과 108계단 수련을 마치고 아이들을 부른다.

"자, 이제 이쪽으로 와라!"

나는 아이들을 데리고 마애불 밑에 바위로 향한다. 맨 위에는 관음굴법당이 조성되어 있고 밑에 바위에는 12개의 굴의 흔적이 있는데 그곳에 신중단, 약사굴 등을 모셔두었다.

"조심해서 올라와서 자리잡아봐라."

아이들이 생각보다 가파른 바위에 조심조심 앉기 좋은 자리를

찾아간다. 신발을 벗어서 방석 대신 사용한다. 호흡을 가다듬고 상쾌한 아침햇살을 받으며 아이들은 명상에 들어간다. 고된 체력단련이 끝나고 햇살이 비추자 아이들의 모습도 환히 빛이 난다.

앉아있는 자세들이 제각각이다. 앉자마자 고개가 아래위로 왔다 갔다 하는 건민이는 곧 고개가 완전히 숙여 잠이 든다. 현민이는 그 반대다. 고개가 뒤로 젖혀지더니 입을 헤벌리고 자기만의 세계로 빠져든다. 운수는 나름 심오하다. 무언가에 집중해 보려는 모습이 보인다. 그러나 너무 집중한 나머지 얼굴에 힘이 들어가 있다. 골똘히 생각하는 사람처럼 오히려 인상을 쓰고 있는 모습이다. 오히려 재석이는 허리를 곧게 펴고 편안해 보인다. 그리고 멸치 정성이는 선무도 유단자답게 허리를 쭉 펴고 제법 좌선 자세가 나온다.

"온몸에 힘을 빼고 편안하게 몸의 긴장을 풀어줍니다. 온몸에 힘을 빼고 자신의 호흡에 집중합니다. 호흡이 고요해짐에 따라 몸과 마음도 편안해지는 것을 바라봅니다."

아이들이 긴장을 풀고 집중할 수 있도록 얘기를 해주었다. 이렇게 말을 해주면 긴장을 풀고 고요함을 따라가 보려는 시도가 보인다. 각자 다시 허리를 펴보거나 몸을 좌우로 움직여 균형을 잡아 보기도 한다.

아이들은 수련시간에 늘 했던 것처럼 영정좌관 수련을 시작한다. 움직이는 손끝과 자신의 호흡을 바라보며 진지하게 몰입한다. 이럴 때의 아이들 모습은 마치 앉아 있는 바위와 하나가 된 듯하다. 영정좌관 수행에는 아이들에게 묘한 몰입을 가져다준다는 것을 할 때마다 느낀다.

마애불 밑에 햇살이 비추고 함월산 자락이 한 눈에 들어온다. 한쪽에서는 딱따구리가 집을 만드는 소리가 크게 들려온다. 고요해지자 대나무 사이로 부는 바람소리가 시원하게 들리고 바위 꼭대기에 있던 솔개 한 마리가 화랑 아이들 머리 위로 큰 날개를 펴고 낮게 지나간다. 아이들도 바람소리도 솔개도 모두 그저 산속에 있는 자연과 하나 되어 움직이고 있다.

조선시대까지 존재했던 골굴사의 모습이 그려진다. 12개의 석굴에는 기와가 얹어져 있고 각 굴마다 단청이 아름답게 되어 있다. 그리고 각 굴마다 수행자의 모습이 보인다. 아이들의 집중하는 모습이 1500년 시공을 뛰어 넘어 같은 시공간에 있는 느낌이 든다. 타임머신을 타고 1500년 전으로 돌아가 그 당시 수행자들을 바라보는 것 같기도 하고 자연에 있는 갤러리에서 액자로 만들어진 골굴 석굴도를 보는 것 같기도 하다.

그 모습을 보니 그 당시에 수행자들도 아이들처럼 각자의 모습을 가지고 있었으리라 생각이 든다. 햇살을 받으며 졸기도 하고, 좀 더 정진하기 위해 집중하려는 모습들, 그 사이에 누군가가 겸재 정선의 골굴 석굴도를 자세히 그리고 있다. 맑은 하늘 아래 용맹정진하는 화랑 아이들이 시공간을 연결해 주고 있다.

조용히 나도 걸음을 옮겨서 화랑아이들이 앉아 있는 근처에 자리를 잡고 앉는다. 몸과 마음이 고요해진다. 햇살이 비추고 나도 골굴 석굴도에 한 장면으로 그려진다.

영정좌관

몸과 마음 호흡을 조화롭게

좌선이라 하면 대게 앉아서 호흡을 하는 것을 이야기하지만 영정좌관 수련은 고요히 앉아 기운의 흐름에 맞춰 손을 움직인다. 선무도 수련 시 보통은 수련을 다 마치고 마무리할 때 이 수련을 하는데, 승형(선무도의 무술)을 하고 땀이 흐르고 거친 호흡이 차분하게 안정되는 것을 느낄 수 있다.

천천히 호흡에 맞춰 움직임을 하다보면 숨 쉬고 있는 내 모습이 고스란히, 선명하게 비춰지는 것을 알 수 있다. 그 고요함이 천천히 몸과 마음을 안정시키고 자신이 숨 쉬고 있음을, 살아 움직이고 있음을 느끼게 한다. 수련을 하면서 생겼던 좋은 기운이 흩어지지 않고 내 몸과 마음에 남아 잘 흐를 수 있도록 이 영정좌관을 수련 마무리에 하면 좋다. ➡

영정좌관

①

앉은 자세에서 허심합장을 한다.

②

양손을 천천히 내려 무릎 위에 올려놓는다.

③

손바닥이 위를 바라볼 수 있도록 뒤집어 놓는다.

④

손을 다시 뒤집어 검지와 엄지 사이가 무릎에 닿도록 한다.

⑤

천천히 양손을 모아 단전 앞에 선정인 자세를 취한다.

⑥

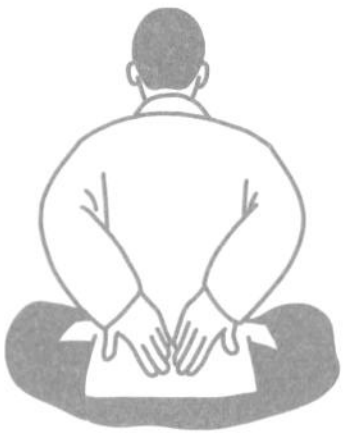

양손이 허리를 감싸면서 갈라져 손바닥이 허리에 닿는다.

⑦

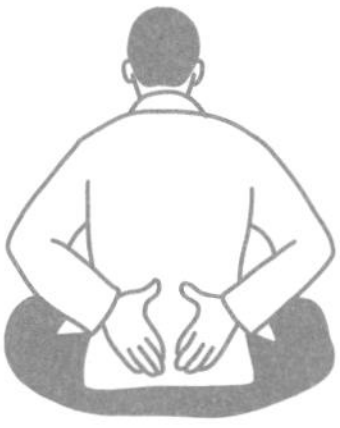

양손을 다시 뒤집어 손등이 허리에 닿도록 한다.

⑧

양팔에 힘을 빼고 천천히 머리 위쪽으로 올린다.

⑨

손을 가볍게 깍지 끼어 금강합장을 한다.

⑩

팔꿈치를 편 상태. 깍지 낀 상태로 양손을 머리 뒷부분에 위치한다.

⑪

깍지 낀 상태로 양손 바닥이 하늘을 볼 수 있도록 팔을 편다.

⑫

손을 풀고 내리면서 엄지를 안으로 말아 내려놓는다.

⑬

손을 무릎 위에 내려놓는다.

⑭

손가락을 펴서 양손이 바닥에 닿을 듯 말듯 하게 위치한다.

⑮

손목에 힘을 빼고 양팔을 자신의 목 위치에 놓는다.

⑯

그대로 내려와 왼손은 무릎, 오른손은 아랫배에 둔다.

⑰

반대로 왼손을 아랫배에 두고, 오른손을 무릎에 둔다.

⑱

왼손을 목 위치까지 올리고 오른손을 아랫배에 둔다.

⑲

양손이 가슴에서 만난다.

⑳

상하를 바꾼다.

㉑

오른손이 내려와 왼손이 오른손 엄지손가락을 잡고 나머지 오른손가락이 왼손 새끼손가락을 잡는다(결인).

㉒

양손을 올려 처음 준비자세인 허심합장으로 돌아온다.

처음 할 때 한 동작에 한 호흡씩 수련하며 동작이 익숙해진 후에는 한 동작에 두 세 호흡을 한다. 동작을 더 천천히 하게 되면 더 깊이 있게 고요하게 바라볼 수 있는 시간이 된다.

◇

서울본원
종로에서

서울본원
종로에서

하루 시작

언제나처럼 새벽 6시에 일어나 몸을 풀고 아침식사를 하고 조금 늦장을 부리다가 출발을 부랴부랴 한다. 35분에 항상 오는 버스가 저 멀리서 오기 시작한다. 33분에 간신히 버스에 올라 땀을 식히며 흔들리는 버스 손잡이를 잡고 출발한다. 잠시 후 버스에서 내려서 탈 수 있을까 없을까 고민되는 꽉 찬 지하철로 갈아탔다. 시간이 간당간당한 만큼 내 몸을 구겨 넣는 것처럼 지하철을 타고 종로 3가역에서 내린다. 마치 물속에 잠수를 하고 있다가 마지막 순간에 물위로 올라온 기분이다.

물 위로 올라와 보니 조금은 여유가 생기는 듯하다. 여기저기 땅을 보거나 시계를 보며 다니는 사람들 모습이 보인다. 한 곳에 꽉 뭉쳐져 있다가 문이 열리고 제각기 왔다 갔다 하는 사람들의 모습, 바쁜 출근시간의 모습이 마치 우리 마음 같다. 좌선을 하려고 고요히 앉았을 때 생각지도 않았던 것들이 떠올라 머릿속을 휘젓고 다니는 것처럼 각자의 목적지에 가려고 지하철에 몸을 싣고 가다가 휴대폰을 하거나 귀에 이어폰을 하고 다니는 모습이 꼬리에 꼬리를 무는 생각과도 비슷하다.

이렇게 어느 한 곳에 빠져 있다 보면 내려야 하는 정거장을 놓치기도 하는 것처럼 좌선을 하다가도 바라보고자 하는 호흡을 놓쳐 잠이 드는 것을 보면 살아가는 모든 시간이 수련임을 느껴본다. 출근 시간에 에너지를 쏟고 수련장까지 터벅터벅 걸어서 문을 열고 들어가 길게 한 호흡을 한다. 문에 달려있는 '딸랑딸랑' 거리는 종소리가 수련장에 들어왔음을 확인시켜준다.

도복으로 갈아입고 청소기를 먼저 잡는다. 바로 앉으면 게으름이 나를 놓아 주지 않을 것 같아서 일단 청소기를 먼저 돌리며 구석구석에 있는 먼지들을 청소한다. 주말을 보내고 온 후라 구석 깊이 먼지가 좀 있다. 청소기를 다 돌리고 걸레를 들고 바닥을 닦는다. 그리 더러워 보이지는 않았지만 닦아보니 때가 좀 묻는다. 지금 닦지 않았다면 굳어져버릴 먼지, 때를 꼼꼼히 바라보며 닦는다. 걸레를 양손으로 잡고 밀 때 힘을 주고, 당길 때 힘을 빼고 왔다갔다 깨끗하게 닦은 후 화분에 물을 주자 꽃들이 춤을 추기 시작한다. 물을 맞아 흔들리는 꽃이 마치 노래하며 기분 좋게 샤워하고 있는 듯하다. 내 마음도 상쾌하고 맑아져 기분 좋게 노래를 흥얼거린다.

내가 모르는 사이에 마음속에 묻어있었던 습관, 고집, 고정관념의 때가 청소를 하며 함께 닦여나간다. 수련장의 청소를 마치고 나니 내 마음의 청소도 함께 되어 본래 깨끗했던 수련장 바닥처럼 마

음의 깨끗한 바닥이 선명해진다. 수련생을 기다리며 마시는 차 한 잔이 오늘따라 더 향기롭고 달콤하다.

둥굴레반

선무도 서울본원 문을 열고 들어간다. 문에 걸려있는 작은 풍경소리가 울리고 수련하고 있던 분들이 문 쪽을 돌아본다. 환하게 웃어주시며 내게 잘 지내고 있는지 안부도 물어보신다.

오전 10시 30분 화요일, 목요일 유단자반 이름은 둥굴레반이다. 수련을 마치고 모여서 간단히 차담을 하는데 늘 둥굴레차를 마셔서 반 이름이 아예 '둥굴레반'으로 붙여졌다. 이 시간에는 연세가 어느 정도 있으신 분들이 나오셔서 수련을 하는데 그 중 나의 큰고모님도 계신다.

이 분들께 크게 배울 것은 꾸준함, 반복이다. 선무도 뿐만 아니라 모든 것이 어떻게 보면 가장 기본이 꾸준하게 반복하는 것인데, 이 둥글레반 수련생들은 그것을 몸소 실천하고 계신 분들이다. 이 둥굴레반은 생긴 지가 무려 10년이 넘었다. 10년이 지난 지금도 가보면 특별한 일이 생기지 않는 한 늘 나와서 땀 흘리며 수련을 하고 있다.

일흔이 다 되어 가시는 우리 큰고모님도 그 멤버 중 하나이신데 놀라운 것은 다리벌리기가 나보다 더 잘된다는 점이다. 처음 시작하실 때는 못 한다고, 못 한다고 하시면서 이번 달만 나가고 안 나가신다고 하신 것이 무려 10년이 넘었다. 사실 시간이 지나면서 건강이 좋아지시고는 말없이 꾸준하게 나와서 수련을 하셨다.

큰고모의 수련과정을 몇 가지 보면 처음에는 힘들어 하시다가 집에 가서는 다리벌리기를 하면서 콩나물을 다듬고, TV 드라마를 보시면서 수련을 하셨다고 한다. 그 결과 몸은 거짓말을 하지 않았다. 다리의 유연성이 좋아지고 얼굴이 반짝반짝 빛이 나기 시작하셨다. 이 둥굴레반 분들을 보면 다른 것보다 열정이 대단하시다. 배움의 끝없는 갈망과 반복이 정말 존경스럽다.

수련하시는 모습을 보면 나름대로 파트가 정해져 있다. 동작의 순서를 잘 외우시는 분, 동작 하나하나의 정확성을 알고 계신 분, '한 번 더'를 외치며 파이팅을 담당하는 분이 계셔서 아주 조화롭다. 도반끼리 서로 채워나가는 모습이 더해져 이런 꾸준함을 만들었나 보다. 사무실 창문 너머로 수련하는 둥굴레반 어르신들의 모습을 보니 따뜻하고 구수한 그리고 정겨운 둥글레차 속으로 깊이 젖어드는 느낌이다.

실천 없는 지식은 '거품'

앞에 서는 지도자가 되면 거기서 끝이 아니라 더 많은 것들을 배우게 되고 또 배움을 찾아다니게 된다. 여러 가지 책을 보고 좋은 글귀나 정보가 있으면 메모해두면서 공부를 한다. 그러면서 내가 가지고 있는 것을 더 크고 깊게 만들어가게 된다.

한 번은 책에서 본 내용을 가지고 '와 이런 것은 참 좋네, 나중에 지도를 하면서 알려드려야겠다.'라고 생각해둔 부분들이 있었다. 예를 들면 몸 푸는 과정 중에 원리나 명상의 큰 어른이 쓰신 책 안에

있는 좋은 내용들이었는데 수련을 마무리하면서 그 내용을 풀었다.

그 내용을 풀어가는 데 내 뜻대로 설명이 되지 않고 계속 다른 이야기로 돌아가는 느낌, 그러다 보니 그것을 듣는 사람들 눈빛만 봐도 전혀 이해되지 않은 느낌이 들 때가 있다. 때로는 좋은 명상 방법이라고 느껴지는 것을 해봐도 앞에 있는 내가 봐도 체험하는 사람들이 깊게 들어오지 못하는 것을 금방 느꼈다.

이때는 내 안에서 당혹감과 여러 가지 생각으로 복잡해지는데 그 때 느낀 것은 내가 실천하지 않은 것들은 힘이 실리지 않아 나에게는 물론 상대에게도 공감을 줄 수 없다는 것을 느꼈다. 그리고 보글보글 거품으로 가득 채워져서 나는 많은 것을 알고 있다고 착각을 하다가 실전에 가면 말 그대로 거품처럼 사라지는 것을 경험했다.

그래서 '아, 무언가를 많이 배워가는 것은 좋은 것이지만 조심해야 할 부분이 있구나!'라는 것을 알게 되었다. 실천 없이 머리로만 이해하는 것은 거품과 같구나. 꽉 찬 것 같지만 시간이 지나면 사라지고 내 것이 아니라는 것을 실감했다.

거품이 사라졌을 때 덩그러니 텅 비어 있는 나를 보았을 때 많은 반성을 하게 되었다. 깡깡 깡통소리가 나는 것 같은 느낌과 등줄기로 흐르는 땀이 지금 내 현주소임을 알려주는 것 같았다. 반드시 실천을 해서 몸이 기억하고 세포가 기억하게 해야 한다는 것을 절실히 느꼈다.

그래도 이런 모습을 볼 수 있었던 것도 행운인 것 같다. 깡깡 소리가 나는 듯이 비어있지만 그 비어있는 만큼 채울 수도 있다는 긍정적인 마음은 한결 가볍고 몸을 따뜻하게 해주었다.

명상 2 。

고요함, 편안함은

만들고 좇아가는 것이 아니다.

일념이 되는 것이다.

일념이란

생각을 잡는 것이 아니라

몸으로 하는 것이다.

몸 전체가 하나의 생각으로

몰입하는 것이다.

처음 좌선을 할 때

스님께서

'좌선은 간절하게 몸으로 하는 것'이라고

일러주신 말씀을 되새겨 본다.

바람을 잘 맞는 방법

수련을 마치고 친한 동생과 온천으로 향했다. 차를 타고 가면서 이런저런 이야기를 나누며 오랜만에 개인적인 시간을 갖는 즐거움을 맛본다. 따뜻한 물에 몸을 담그자 알게 모르게 굳어있고 긴장되어 있던 근육이 이완되자 마음도 스르륵 풀려 편안함과 따뜻함이 함께 다가왔다.

마음도 편안해지자 동생은 최근에 겪은 일, 고민이 되는 일들에 대해 이야기하기 시작했다. 그 이야기들을 들으며 가만히 앉아 있는데 '내가 만약 저런 상황이었다면 어떻게 했을까. 불편함이 떠오르면 어떻게 하는 것이 좋을까' 하며 스스로 의문을 던지고 있었다.

그때 내 안에서 떠오르는 것은 바람, 나무 그리고 자연스러움이었다. 불편함은 살아가는 데 있어서 자연스런 현상이다. 그런데 불편하지 않으려고 하는 것에서 더 힘이 든 것이 아닐까 하는 생각이 스쳐지나갔다. 언젠가 아버지와 산책을 할 때 일러주신 말씀이 떠올랐다. 숲 속을 걷고 있으면 몸의 움직임보다는 정작 움직이고 있는 것은 여러 가지 생각, 살아오면서 경험했던 생각으로 비교하고 판단하는 있는 자신을 만나게 된다. 중심은 나이고 그렇게 불편하지 않으려고 노력하고 있는, 힘을 쓰고 있는 것을 알아차리는 것이 중요하다는 말씀이었다. 그 말뜻은 몸에서 일어나는 파장 즉 불편을 알아차리면 지금이 선명해져 불편을 잘 맞이할 수 있다는 것이다.

나는 동생에게 아버지 말씀을 내 나름대로 풀어서 전해주었다. "내 생각에는 말이야. 바람이 불어오는 것은 아주 자연스러운 현상이라고 생각해. 바람이 불어오면 나무가 흔들려. 아주 자연스럽지 않니? 이 때 나무는 바람을 막으려 하지 않고 불어오는 대로 맞이할 뿐이야. 우리가 살아가면서 흔들리면 불안하다고 느끼게 되는데 이 불안을 느끼지 않기 위해서 불어오는 바람을 막으려 하지. 흔들리고 있는 것은 나인데 내가 어떻게 할 수 없는 대상에 이끌려가는 거야. 불어오는 바람은 여러 가지가 되겠지. 사람과의 관계일 수도 있고. 내 안의 걱정과 후회 같은 것들도 바람일 수 있지. 그때 우리가 할 수 있는 것은 우리가 원하는 대로 바람을 막고 없애는 것이 아니라(할 수도 없지만) 숲속의 자연처럼, 나무처럼 바람을 잘 맞이하는 거야. 바람은 지나가고 나면 자연스럽게 흔들림이 멈추니까. 그러다 바람이 너무 강해서 부러지면 옆에서 가지를 새로 나게 하는 거지. 그러면서 성장해 나가는 것이 우리가 살아가는 게 아닐까 생각한다."

"그런 것 같네요. 형님. 좋은 말씀 감사해요."

이 친구와 이야기를 나누고 나 역시 다시 한 번 생각을 정리해본다. 지난 시간 바람이 잔잔하게, 때로는 거칠게 불어왔을 때 나는 그 바람을 어떻게 마주해왔던가. 앞으로 내 안의 중심을 잡고 깊은 뿌리를 내리며 바람을 잘 맞이해야겠다.

삶이 곧 수련

지금도 최선을 다해 하루하루를 살아가고 있지만 내 삶에서 가장 열심히 살아가던 시간이 있었다. 서울본원의 원장이었던 아버지가 원장직을 내려놓고 다른 분이 서울본원의 원장을 맡아 나와 함께 수련

장을 꾸려나갔다. 열심히 지도하고 행사도 하면서 운영을 해나갔지만 좋은 때가 있으면 그렇지 않을 때도 있는 법이다.

새로 입회하는 수련생이 적어지면서 운영이 어려워졌고 허리띠를 졸라매야 했다. 그때 당시 나는 29살쯤 되었는데 서른이 다 되어가는 나이였기에 여러 가지로 준비도 해야 해서 아무래도 금전적인 부분에 어려움을 겪자 고민이 되었다. 하지만 내가 늘 품고 있던 서산대사의 시처럼 내 발걸음이 뒤따라오는 사람을 잘 이끌어주고 싶은 마음은 변함이 없었다. 현실적인 문제로 선무도를 그만 둔다거나 다른 일을 하겠다는 그런 생각은 조금도 없었다. 아니 다시 돌이켜보면 다른 생각이 들어오는 것이 불편해 무시하고 서산대사의 글귀에 매달리고 있었는지도 모르겠다. 그만두고 싶지 않은 간절한 마음으로 그 끈을 놓을 수 없었다.

그래서 오전에는 시간을 내어 건강검진센터에서 아르바이트를 시작했다. 처음에는 설문 상담하는 파트에 있었는데 그곳은 적성에 좀 맞지 않는 것 같아서 이야기를 해서 차라리 몸으로 할 수 있는 일을 찾았다. 그래야 마음도 편할 것 같았다. 내시경 파트로 옮겨 위·대장 내시경 검사를 마치고 난 장비들을 세척하는 일을 했다. 그곳에 계시던 '여사님'으로 불리던 분은 친절하시고 따뜻하신 분이었다. 그 분께 일을 하나하나 배워서 처음 해보는 일인데도 불구하고 병원에서 하는 일이 생각보다 힘들진 않았다. 이렇게 오전 아르바이트를 마치면 서울본원으로 출근해서 오후 일정을 소화했다.

월, 수, 금 오전에는 병원에서 아르바이트를 한 후 서울본원으로 바로 가서 하루 4타임 이상 수련지도를 했고 저녁 유단자반이 있던 화요일, 목요일은 유단자반 시간을 피해 출강을 나가 지도를 했다. 또 마치고 돌아오면 다시 유단자반을 지도해야 했다. 그 때 출강은 자양동의 한 사회복지센터에서 운영하는 대안학교에서 아이들을 가르쳤고, 다른 하나는 광명에 있는 한 중학교에서 방과 후 수업을 했다. 몸이 좀 고되긴 했지만 아이들과 수련하는 시간이 나쁘지 않았다.

이렇게 일주일을 아주 빡빡하게 보내면서 틈틈이 개인수련을 놓치지 않으려 노력했다. 이런 시절이 누군가 보기에는 힘든 시간이겠지만 그때 내 마음은 어둡지만은 않고 싶었다. 오히려 많은 활동을 하게 되는 계기가 되었고 선무도를 계속하기 위한 전혀 다른 일들을 경험하게 되었다.

내가 만약 그때 그 시간을 이겨내지 못한 채 돈을 좀 벌고 난 후에 선무도를 다시 해야겠다고 방향을 틀었다면 지금의 내가 있을 수 있었을까. 아마도 쉽지 않았을 것이다. 삶의 뿌리가 선무도를 통해서 깊고 단단하게 내려서 중심을 잡아준 덕이었다. 수련을 하면서 때로는 빠르고 느리게 움직였던 시간과 고요하게 호흡에 집중하고 내면에 관심을 가졌던 시간들이 삶에서도 뿌리를 내려주었다. 수련을 할 때 어제 오늘의 호흡과 동작의 느낌이 다른 것처럼 매일의 새로운 삶은 곧 수련이었다.

움직이고 있는 것은

한적한 어느 날 아버지와 산책을 하고 있었다. 숲길을 걸으며 손끝은 어떻고, 1승형을 할 때, 지대체(선기공) 수련을 할 때는 무엇을 집중적으로 관찰해야 하는지 수련에 대한 이런 저런 이야기를 여쭤보는 시간을 가졌다. 수련하듯 명상하듯 시간을 보내다가 잠시 쉬었다 가려고 벤치에 앉았다.

"걷는 데 불편하지는 않았니?"

아버지께서 물으셨다.

"네, 편안하고 좋아요."

"편안하다는 것은 어디서부터 알게 되었지? 오늘은 날씨도 참 좋고 소나무의 푸름과 새소리, 바람소리가 가깝게 들리는구나. 새소리도 들려오고."

가만히 앉아서 바람을 느껴본다. 서로 다른 새소리가 바람을 타고 귓가로 다가와 마음이 맑아지는 청량함이 전해온다.

"우리는 늘 생각 속에서 움직이고 있지. 주변에 무엇이 있는지 들여다 볼 시간도 없이 말이야. 고요히 호흡을 한 번 해 보거라."

코끝을 의식해서 들어오고 나가는 것을 바라보았다. 청량하고 시원한 들숨이 코끝을 타고 들어와 몸 안을 가득 채운다. 내 몸의 온기가 고스란히 전해지듯 따뜻한 날숨이 다시 코끝을 타고 나간다. 고요한 호흡이 반복되면서 마음이 편안해지고 고요해진다.

아버지와 나는 자리에서 일어나 숲길을 걸었다. 한동안 아무 말 없이 걸었다. 들리는 건 새소리, 바람소리뿐이었다. 숲 속 깊숙이 들어온 햇빛을 받아 나무그림자가 서늘하게 흔들리는 것을 보며 나는 천천히 아버지의 뒤를 따라 걸었다.

"호흡에 집중해서 고요해지는 것이 목표가 아니라 그 힘을 쓰고 있는 알아차림이 중요하다. 알아차림은 늘 함께 하고 있어 관심만 있으면 지금 이순간이 들어오지. 그렇기 때문에 생각을 안 하려고 애를 쓰는 것이 아니라, 그 순간을 알아차리는 게 중요한 거야. '움직이는 선의 숨결'이 선무도라는 문주스님의 말씀을 잊지 말거라."

아버지의 말씀을 듣고 알아차림에 관심을 갖는 공부가 수련의 시작이었고 삶과 수련이 다르지 않고 조화로움이라는 것을 다시 한 번 깊게 새겨본다.

바다 。

고요한 바다가 바람을 만나면
출렁이는 파도가 생긴다.

다시 잠잠해지기도 하지만
비가 오면 빗방울과 바다가 만나서
방울방울마다 작은 파동을 만든다.

우리의 마음도 고요한 파도처럼
만나는 것들에 의해
파도가 생겨나기도 하고
다시 잠잠해지기도 한다.

우리가 관심 가져야 할 것은
마음의 파도를 잠잠하게 만들려 하거나
고요한 모습으로 되돌리려 하는 것이 아니라
지금 현재 모습을 그대로 바라보는 것이다.

파도가 일어나는 그 순간에
마음은 무엇을 하는가.
마음의 중심이 있는가.

바로 생각으로 좇아가 고통을 만드는가.
실제로 우리가 관심을 가져야 할 부분은 이것이다.

빗방울을 만난 파도도
출렁이는 파도도

바다인 것은 변함없다.

습관대로 살아왔다

'습관대로 살아왔다.' 무언가 변화하고자, 지난 일을 반성할 때 많이 하는 말이다. 수련을 마치고 차담을 하면서 한 수련생이 자신의 오랜 스트레스와 굳어진 몸에 대해 이야기를 했다. 몸에 관심을 두지 않고 살아왔던 지난날을 이야기하면서 '습관대로 살아왔다.'라는 말을 하였다. 그러면서 이제는 그 습관을 수련으로 바꿔봐야겠다는 이야기를 하였다.

그 이야기를 듣고 '습관'이라는 단어를 생각해보았다. '습관대로 살아왔다.'는 말은 다르게 생각해보면 내 삶의 모습이라는 생각이 들었다. 내가 관심을 두지 않고, 그야말로 습관적으로 했던 행위들은 곧 나의 모습이고, 내 삶에 영향을 주고 있었음을 새삼 느끼게 되었다. 보통 편한 것을 선호하고 불편하지 않으려고 하는 게 자연스럽다. 나 역시 그 고정관념을 한 번도 의심해본 적이 없다. 그 결과 편한 것에 길들여지다 보니 불편함을 무조건 싫어해서 불편함이 찾아왔을 때에는 어쩔 줄 모르고 당황하게 된다. 내가 노력하는 모든 행위가 결국 편하자고 애쓰는 꼴이 된 것 같다. 그렇게 하다 보면 때로는 좋지 않은 습관임을 알면서도 생각이 굳어져 바로 잡는 것을 귀찮아하고 불편함을 외면한 채 포기해버리는 경우도 많다.

나는 어떤 습관을 들이고 있는가를 돌이켜보았다. 수련하기 전 귀찮아하던 모습, 한 번씩 게을러져 그 한 번이 습관처럼 이어지던 것 등 많은 생각이 올라왔다. 그리고는 습관이 내 삶의 모습이라 하면 기왕 습관들일 거 좋은 습관을 쌓다보면 삶이 달라지겠구나 하는 마음이 들었다.

처음 수련을 시작할 때 스님께서 하셨던 말씀이 생각났다. “수련인은 첫 번째 내가 어떤 상태인지 알아야 한다. 즉 몸, 마음에 관심을 늘 가져야 하는 것이다. 항상 변화하는 상황과 내 마음을 잘 바라보아야 그 때 그 때 좋은 방향으로 이끌고 갈 수 있을 것이다.”

아버지께서도 수련할 때 늘 움직임, 호흡의 순간, 그 찰나를 바라보라고 말씀하신 이유를 알 수 있었다. 선무도 수련할 때 동작을 관찰하는 하는 것은 수련할 때만 하는 것이 아니라 결국 늘 마음이 살아있어야 생활과 수련을 별개로 분리하는 오류를 범하지 않게 되는 것이고 수련이 곧 내 삶이 된다는 생각이 들었다. 오늘도 수련을 하면서 좋은 습관을 들이는 방법, 내 행위, 느낌을 관찰해본다. 호흡이 마음에 들어온다.

108배로 시작하는 아침

졸린 눈을 다 뜨지 못한 채 천천히 걸어 나와 거실에 앉는다. 방석을 깔고 엉덩이 부분을 반 접어 편안한 자세를 찾아 앉고 호흡을 바라본다. 서서히 눈이 밝아짐을 느끼고 허리를 반듯하게 펴니 호흡하기가 편안하다. 호흡으로 몸과 마음을 깨우고 아침을 맞이하는 오늘이 참 감사하다.

천천히 일어나 왼쪽, 오른쪽을 비틀고 털면서 몸을 가볍게 풀어준 후에 방석을 널찍하게 편다. 가슴에 두 손을 모아 합장을 하고 반배를 하며 108배를 시작한다. 몸을 풀었다고는 하지만 새벽에 일어

나자마자 몸을 움직이면 뻑뻑함이 느껴진다. 그런데 108배를 하면서 시간이 흐를수록 몸에 열기가 돌고 굳어진 부분이 풀어지는 것은 확실히 알 수 있다. 또 108배를 하면서 가장 좋았던 것 중 하나는 허리의 풀어짐이다. 허리를 삐끗하거나 전날 동적인 운동을 많이 하면 아침에 뻑뻑한 느낌이 더 강하게 느껴지는데 108배를 할수록 허리가 이완되고 편안해진다. 다만 무릎에 무리가 가지 않도록 천천히 하는 것이 중요하다. 발가락의 굽혀짐, 무릎이 닿고 양손이 몸을 받쳐 머리가 바닥까지 내려지고 천천히 올라오는 몸을 관찰한다.

108배를 하다보면 20배, 30배가 지나면서 열기가 생기고, 몸이 조금씩 부드러워짐을 느낄 수가 있다. 그리고 더 지나면 많은 생각으로 복잡했던 것이 언제부턴가 쉬어지고, 몸에 집중됨을 느낄 수가 있다.

108배를 다하고 앉아 있다 보니 예전 3단 승단심사 전날 1080배를 했던 기억이 떠올랐다. 지금은 자율적으로 하지만 내가 3단 심사를 볼 때 문주스님께서 주신 미션 중 하나가 1080배였다. 젊은 층에 속하는 승단대상자가 유독 많았었는데 문주스님께서 심사 전날 1080배를 완수하라는 숙제를 내놓고 가셨다. 모든 수련이 끝나고 저녁 9시부터 3단 이상 응시자들이 모여 1080배 준비를 했다. 속으로는 '그래, 108배 열 번, 해보자.'라고 했지만 과연 내일 심사를 제대로 볼 수 있을지 걱정이 되었다.

대략 2시간 정도 걸렸던 것 같은데 시작 후 땀이 흐르고 몸에 열기가 가득해지기 시작했다. 그리고 가면 갈수록 몸이 자동화되는 것 같았다. 오히려 멈추면 이상할 것 같은 느낌이 들었고 '언제 끝나지.'를 생각했던 것이 사라지고 오로지 몸에 집중되었다. 죽비 소리에 맞춰 몸을 완전히 낮추고 다시 일어나고를 반복에 반복을 한 후 무사히 마쳤다. 마지막 반배를 하고 도반들을 바라보았는데 뭔가 씻겨 내려간 듯 붉게 오른 얼굴들이 맑아보였다. 그리고 우리들의 열기가 김서린 창문에서도 느낄 수 있었다. 발등, 발가락은 반복된 동작으로 상처가 나고 얼얼하다 못해 다리가 없는 듯한 느낌으로 허벅지를 한 발 한 발 옮겨서 숙소로 향했다.

그리고 다음날 1080배를 하기 전 걱정과는 달리 몸은 상당히 가벼웠고 근육통 또한 없었다. 2승형의 양발점프발차기를 할 때 몸은 가벼웠지만 손끝 발끝 온몸에 힘이 꽉 찬 느낌이랄까, 전에는 느껴보지 못한 신선한 느낌이 들었다. 그리고 그 힘들다는 3단의 응시과목 '2승형 전·후반부'를 잘 마쳤다. 앞서 이야기했던 것처럼 비록 완급 조절이 쉽지 않았지만 마지막 동작, 양발점프발차기의 발끝 느낌이 선명하게 찍혀져 아직도 잊혀지지 않는다. 이제 생각하니 1080배를 하면서 점점 일념이 되었던 그 마음으로 심사에 응하라는 문주스님의 큰 숙제였던 것 같다.

108배든 1080배든 절을 한다는 것은 선무도 동작 하나하나에 집중 수련을 하는 것처럼 반복적인 동작 속에서 마음이 어디 떠다니지 않고 몸에 안착되어 일념이 되게 하는 것을 말한다. 그러면 일상에서의 마음 안에 있었던 불편했던 것들이 해소되기도 한다. 마치 복잡한 생각과 나를 감싸고 있던 일상에서의 많은 것들이 떼어지는 것

처럼. 그리고 또 하루를 보내다가 보면 이리저리 떠도는 마음이 생기기 마련이다. 다시 다음날 108배를 하면서 매일 일념이 되다보면 1배의 마음과 30배, 60배 마음이 달라지는 것처럼 우리의 인생을 108배라고 보았을 때 오늘의 반복 속에서 차츰차츰 일념이 되리라는 믿음을 가지고 하루를 시작해본다.

깔딱 고개 뒤로

서울본원에서 네팔 히말라야 트래킹을 간 적이 있다. 선무도 수련생들과 함께 네팔로 첫 해외수련을 나간 것이다. 말로만 듣던 히말라야의 만년설 위로 붉은 해가 떠오를 때의 감격은 지금도 바로 어제 일처럼 생생하다. 그러기에 언젠가는 다시 가야겠다는 마음을 늘 가지고 있다.

큰 배낭을 등 뒤로 매고 드디어 히말라야 안나푸르나 등반을 시작했다. 덥지도 춥지도 않은 적당한 날씨에 히말라야 산 속으로 한 걸음, 한 걸음 온 몸으로 걸을 때의 기분 좋은 긴장감을 느끼며 천천히 걷다가 잠시 쉬어 주위도 둘러보고, 중간에 있는 롯지(숙소)에 들려 음료수를 마시면서 등반을 이어갔다. 함께 가는 현지 가이드분이 계셨는데 네팔 사람인데도 불구하고 한국말을 아주 잘했다. 어렸을 적에 출가를 했었다는 이야기를 들어서인지 순수한 미소와 차분한 느낌이 스님 같기도 했다. 한참을 걷고 또 걷다가 사람들이 질문을 던진다.

"얼마나 남았어요?"

그럼 그 현지가이드는 "다 왔어요, 10분만 가면 됩니다."라고 대답할 뿐이었다. 그렇지만 막상 걸어보면 10분이 아니라 1시간, 2시간은 걸어야 우리가 쉴 수 있는 장소가 나왔다. 처음에는 정말 10분 남은 줄 알았지만 실제로는 한참 가야 한다는 것을 모두 알게 되었다. 그래도 얼마나 남았냐는 물음에 10분 남았다는 대답을 듣고 힘을 내어 걸을 수 있었다. 길고 긴 10분을 걸어가면서 계단이 끝없이 이어진 곳이 나왔다.

'깔딱 고개', 우리는 이곳을 이렇게 표현했는데 정말 올라가도 변함없는 계단만 이어질 뿐이었다. 숨이 깔딱 넘어갈 것 같이 무거운 발걸음을 이어갔다. 어디 주변을 둘러볼 겨를도 없이 내 발과 계단만 바라보며 걸어갔는데 다른 분들도 말없이 그저 걸음에 집중했다. 그렇게 계단을 보며 걷고 있는데 앞서가던 한 분이 소리를 쳤다.

"와!"

그 소리를 듣고 다들 고개를 들었고 주위를 둘러보며 뭘까 하며 찾다가 잠깐 서서 뒤돌아서니 햇살을 받은 히말라야의 만년설이 푸른 하늘에 그려져 있었다. 다들 그 경이로운 모습을 그저 바라볼 뿐이었다. 햇살에 따라서 황금처럼 보이기도 하는 이 경이로운 자연은 내 생에 잊을 수 없는 장면 중 하나이다. 현지가이드가 말하길 늘 구름이 있어서 이렇게 걸어가다가 만년설로 덮인 히말라야의 산봉우리를 보는 것이 흔한 일이 아니라고 귀띔해주었다.

히말라야의 만년설을 보았다는 게 우리의 걸음을 가볍게 했다. 어디서 났는지 없던 힘이 솟아나 깔딱 고개를 지났고 우리가 하루

묵어갈 숙소가 나왔다. 이것도 참 신기한 일이었는데 이 높은 곳에도 가는 곳마다 사람들이 사는 마을이 있고, 숙소와 가게들이 있다는 게 놀라웠다.

해발 3000미터 이상의 숙소에서 짐을 풀고 몸이 찌뿌둥해서 샤워를 하려고 마음을 먹었다. 마음의 준비를 하고 물 한 바가지를 몸에 끼얹는 순간 이곳이 편안한 호텔이 아니라 히말라야의 3000미터 이상이라는 곳을 깨닫게 해주었다. 아주 차가운 물이었고 이미 시작은 했기에 크게 호흡하고 몸을 빠르게 움직이며 샤워를 마치고 자리에 누웠다.

이날 걸어온 깔딱 고개에서 본 푸른 하늘 배경에 그려진 히말라야를 떠올렸다. 이곳을 걸어오면서 이 계속되는 계단은 수련과 참 닮았다는 것을 느꼈다. 수련은 계단과 같다. 평지라고 느껴질 만큼 가벼운 경사의 길을 꾸준히 걷다가 어느 때가 오면 한 계단을 뛰어 오른다. 그리고 다시 평평한 길을 오래도록 걷게 된다. 이 시기에 많은 사람들이 지겨워하거나 포기하는 경우가 있는데 이 길을 걸어가야 그 계단에 맞는 수련의 깊이가 쌓이고 어느 시점에 도달하면 다시 한 계단을 뛰어 오른다. 비록 평평한 길은 아니었지만 길고 긴 계단에 집중하여 걷다보니 흔히 볼 수 없다는 만년설로 뒤덮인 히말라야를 볼 수 있는 것처럼 우리 수련도 오늘의 한 걸음을 집중하다 보면 다음 단계로 뛰어오르는 순간을 만날 수 있을 것이다.

바라본다 。

거칠었던 호흡을 그대로 바라본다.

서서히 안정되고 긴장되었던

몸이 편안해짐을 바라본다.

어느새 마음도 편안해지는 것을 바라본다.

호흡이 안정되고

몸이 이완되고

마음이 고요해지면

편안함에 머무는 것이 아니라

모든 감각들이 선명해진다.

복잡한 마음이 일어날 때

그것을 일어나지 않도록,

부정하는 힘을 쓰는 것보다

바라봄은 고요함을 안겨준다.

그 언젠가의 산행

서울본원은 틈틈이 야외 수련으로 산행을 한다. 가깝게는 북한산을 올랐고 지리산, 태백산, 설악산을 참 많이 다녔다. 가을이 되면 설악산 산행 공고문이 붙는다. 함께 동반할 수련생들을 모집해서 코스를 계획하고 준비물을 챙겼다. 설악산의 단풍, 중청대피소에서 보았던 하늘을 가득 덮은 운해는 살아오면서 보았던 풍경 중 손에 꼽힐 정도로 아름다운 풍경이다.

새해맞이로 태백산을 가곤 했는데 사람들이 많아서 줄을 지어 올라갔던 기억이 난다. 그리고 그 밑에 강원도 정선에 살고 계시는 회원의 집에 모여 앉아 밤새도록 이야기꽃을 피우며 수련생들끼리 식구처럼 한방에서 먹고 자던 일이 그립다.

한 번은 지리산 등반을 계획했다. 화개장터에 작은아버지가 하시는 국밥집이 있었는데 등반 후 그곳으로 가기 위해 사람들이 많이 가지 않는 코스를 찾아냈다. 백무동으로 올라가 쌍계사 쪽으로 내려오는 코스였는데 처음 출발이 생각보다 늦어져 급하게 뛰어 가듯 올라갔다. 이때 지리산 등반에는 꽤 많은 사람들이 모집되어 함께 갔는데 수련생들 중 좀 젊은 축이 많이 동참하게 되었다. 새롭게 무언가가 결성되는 좋은 느낌을 받았는데 서로 으쌰으쌰 하며 함께 수련하는 그런 기운이 솟았다.

장터목 대피소를 예약해야 했는데 예약이 하늘의 별따기라 모든 인원이 들어갈 정도로 다 예약은 하지 못했다. 예약할 수 있는 날이 되어 몇몇이 속도가 빠르다고 하는 PC방에 대기했다가 10시가 되면 들어가 예약을 했는데 거의 1분도 안 되어 마감될 정도였다. 그래서 여자들은 대피소로 들어갔고 남자 몇 명은 밖에서 비박을 하게 되었다. 친한 동생 녀석과 매트를 깔고 침낭을 덥고 누운 후 잠을 청하려 하자 빗방울이 뚝뚝 떨어지기 시작했다. 그때 그 녀석이 "형, 다시 군대 온 것 같아."라고 말했다.

군대를 갓 제대하고 온 그 녀석과 함께 다시 자리를 옮겼고 잠을 포기한 채 이야기를 나누며 다음날을 기다렸다. 그리고 해가 뜰 무렵 천왕봉에 올랐다.

정상에 오른 후 내가 선택한 하산 코스는 계곡을 따라서 끝없이 이어지는 길이었고 내려가는 길에 다른 사람을 단 한 명도 볼 수 없는 아주 한적하고 인적이 없는 코스였다. 길이 맞나 싶을 정도로 비슷비슷한 계곡을 따라 한참을 내려갔다. 이제 와서 말하지만 나도 다리가 후들거릴 만큼 힘이 들었고 속으로는 '와, 나도 이렇게 힘든데 우리 수련생들 진짜 힘들겠다.'라는 생각이 들었다. 그리고 도착지점에 내려와 기다리면서 울창한 지리산의 웅장함을 바라보았다. 그 커다란 자연 속에서 시간차를 두고 한 명씩 수련생들이 나오는 모습이 마치 전사들처럼 보였다.

화개장터의 국밥집으로 이동해 재첩국과 참게탕을 먹는데 잊을 수 없는 꿀맛이었다. 작은아버지께서는 조카가 왔다고 푸짐하게 상을 차려주셨다. 반찬은 나오자마다 비워져 한 가지 찬이 서너 번은 다시 채워지고, 주문하지 않은 맛있는 요리들이 계속 들어왔다.

그렇게 무사히 지리산 등반을 마치고 수련장에 돌아오면 좋은

사진들을 인화해 도장에 쭉 전시를 한다. 현장의 감동을 고스란히 간직한 사진을 보며 긴 산행으로 뭉친 다리의 근육통을 풀어낸다.

이런 산행, 야외 수련을 통해 수련장에서 긴 호흡을 하고 발차기를 하며 정해진 동작을 하는 것만이 수련이 아님을 느낀다. 수련을 하는 이유는 결국 행복하게 살기 위함이라는 생각이 든다. 선무도 수련을 구심점으로 마음이 맞는 사람들과 함께 추억을 쌓던 그때의 그 행복한 시간들이 그립다.

일주일에 세 번 수련장을 찾는 사람들

골굴사는 매일 수련 시간이 정해져 있다. 그렇기 때문에 어느 기간 동안 시간을 완전히 낸 사람들이 수련하기에 좋다. 그와 다르게 도심에 있는 수련장은 일상 속에서 자신이 가능한 시간대를 선택해 수련장을 찾아온다. 초급반은 일주일에 월수금 세 번, 유단자는 화목 이렇게 두 번이다.

도장에 있다 보면 새로 등록해서 시작하는 초급반 사람들부터 몇 년 동안 꾸준히 수련에 임하는 유단자까지 두루 만나게 되는데 왠지 가족 같은 느낌을 받곤 한다. 이런 수련장에서 가장 좋은 점은 조금씩 동작이 달라지고 자세가 좋아지는 모습, 발전하는 것을 볼 수 있다는 것이다. 지도자로서는 가장 큰 보람이고, 변화되는 사람들의 모습에서 정말 많은 것을 배운다. 잘 되지 않는 동작을 알려주다 보면 잘 안 되는 모습을 집중, 관찰하게 되고 연구하게 되는데 그런 부분에서 앞에 서는 지도자도 함께 성장을 해나간다. 그런 것을 보면 먼저 알게 되어 알려주는 지도자와 배우는 자는 각자의 역할이 있는 것이고 수련장이라는 그 공간에서 만큼은 함께 발전하게 된다.

이제는 종로 수련장이 꽤 오랜 세월을 자리 잡고 있다 보니 많은 사람들이 거쳐 갔고 함께하는 사람들도 많이 생겼다. 처음에는 어색해하던 분들도 몇 해가 지나면 유단자가 되고 행사가 있을 때면 자기 일처럼 최선을 다하신다. 또 사범과 수련생으로 만나 승단심사가 열리는 골굴사로 버스를 타고 가서 1단, 2단을 따서 축하해주었던 분들이 이제는 같은 길을 걷는 지도자가 되기도 한다.

얼마 전에는 두 학생을 만났는데 이 친구들은 종로 수련장 사범 시절에 초등학생이었던 아이들이다. 이제는 중고등학생이 되었는데 통통하고 귀여웠고 수련도 빠지지 않고 열심히 하는 모습을 보며 이 아이들의 성장 모습을 보는 것이 참 행복하다고 생각했다. 그 후 시간이 꽤 흐른 후 골굴사 수련대회 때 한 사람이 인사를 하는데 깜짝 놀랐다. 그 둘 중 한 녀석이 어른 같은 얼굴로 나를 만나려고 왔다는데 너무 반갑고 고마웠다. 그리고 서울에 올라와 두 녀석 모두 만나서 영화도 보고 식사를 함께하며 좋은 시간을 보냈다. 시간은 많이 흘렀지만 그래도 자리에 나온 그 녀석들을 보며 '그 시절이 이 두 아이에게도 좋은 기억이 되었구나' 하는 마음에 안도감, 고마움 등 여러 가지 마음이 일었다.

지금도 한 번씩 종로 수련장에 놀러 가면 여전히 같은 시간에 수련장에서 땀 흘리고 자신에게 집중하는 모습을 보면 고마울 따름이다. 이런 분들이 계시기에 오랫동안 이 수련장, 선무도가 유지되는

것이리라. 나로서는 이런 귀한 인연들이 선무도를 꾸준히 수련했던 선물이 아닌가 싶다.

바람을 느껴보자

서울 한복판. 종로. 많은 사람과 자동차가 보인다. 사람들은 무슨 생각에 잠겨 가방을 매고 땅을 보고 걷거나 어디를 급하게 찾는 모습으로 손에는 늘 휴대폰으로 무언가를 하고 있다.

선무도 서울 본원 앞 공원에 잠시 앉아 쉬었다가 가려고 비어있는 벤치를 찾았다. 도심 속에서 한적한 공원에 앉아 있으니 바람이 내 귓가를 스쳐지나 가는 것이 느껴진다.

이리저리 빠르게 다닐 때도 바람이 불어왔겠지만 잠시 멈춰 앉으니 그 바람이 더 친근하다. 그 바람에서 골굴사 수련시절 명상의 언덕에 앉아 휴식하던 그 때가 떠오른다.

한여름 골굴사에서 108계단 수련을 마치고 올라와 명상의 언덕에 있으면 고요한 편안함과 늘 불어오던 그 바람이 참 좋았다. 바람은 언제 어디서나 불어오는데 그것을 느끼고 살아가는 시간은 얼마나 될까. 가끔은 땅을 보고 급하게 걷던 발걸음을 멈추고 주위를 둘러보기도 하고, 가슴을 펴고 코끝의 청량함을 느껴보는 시간은 바쁜 일상생활에서 내가 살아있음을 알려준다.

예전에 보았던 '무인 곽원갑'이라는 영화가 있다. 내가 선무도를 해서 그런지 몰라도 무협영화를 상당히 좋아한다. 몸의 움직임을 통해서 때로는 그 깊이 있는 내면의 모습이 표현되는 것이 멋지다.

무인 곽원갑이라는 영화를 보면 최고의 고수 반열에 오른 곽원갑은 오해로 인해 감정을 다스리지 못하고 라이벌이었던 무인을 죽이게 된다. 그로 인해 죄책감으로 정신이상이 오고 어디인지도 모르게 떠돌다가 정신을 잃는다. 다행히 어느 장님인 여인의 보호로 다시 살아나고 그 마을에 머물게 된다. 그 때 모내기하는 장면이 나온다. 마을 남자들 여럿이서 모내기를 한다. 곽원갑은 정신없이 벼를 심는다. 그 때 바람이 불어오기 시작한다. 그러자 마을 사람들은 허리를 펴고 고개를 들어서 바람을 느낀다. 한참 앞서간 곽원갑은 잠시 돌아보았다가 모를 다시 심기 시작한다. 그런데 다음날 마을의 한 꼬마가 일러준다. 곽원갑이 심었던 것을 어제 바람을 느끼던 마을 남자들이 다시 심었다는 것이다. 곽원갑이 모는 빨리 심었어도 줄도 맞지 않고 엉망이었던 것이다. 그래서 그 마을 사람들은 곽원갑이 심은 모를 다시 심고 바람이 일자 허리를 펴고 바람을 느꼈던 것이다.

이 이야기는 지금 내가 하는 일들이 너무 급하게 진행되고 있지는 않은지, 그로 인해 우리가 바라보는 마음의 시야가 좁아지지는 않았는지 돌아보게 된다. 굽어져 있던 허리를 세우고 가슴을 활짝 펴고 코끝으로 깊은 호흡을 쉬어보는 것은 어쩌면 우리가 지금 살아가고 있음을 알려주는, 생명력이 메마르지 않고 샘솟을 수 있는 시간이다. 깊은 호흡, 활짝 펴진 가슴만큼 내 마음의 크기와 시야를 넓혀 가며 살아가야겠다.

자연스런 호흡 。

방석을 깔고 자리에 앉는다.

몸을 흔들어 좌우, 앞뒤 균형을 잡는다.

심호흡을 한 번 한다.

의식적으로 하던 호흡을 내려놓고

어깨, 가슴, 배, 아랫배를

느슨하게 풀어놓는다.

숨 쉬는 가슴,

어깨, 배, 아랫배를

관찰한다.

몸이 자연스러워지자

호흡이 편안하게 깊어짐을 느낀다.

깊숙한 호흡,

앞을 그저 바라본다.

반복하면 유연해진다

"고등학생 둘이 가방을 매고 들어오는 거야. 딱 봐도 운동은 좀 한 거 같더라고. 그런데 고개는 앞으로 숙여있었고 어깨는 들려 있었어."

1999년 4월 종로 비원 앞에 있는 선무도 서울본원 도장을 찾았을 때, 나를 지도해주셨던 법사님께서 나에 대한 첫인상을 이렇게 말씀하셨다. 나로서는 좀 충격적이었는지 기억이 생생하다. 나는 그때 내 몸의 상태, 자세에 대해 처음 관심을 갖게 되었다. 처음 수련할 때는 탄력은 좋았지만 유연성이 없었던 나는 항상 오체유법 수련을 하면 긴장이 되었다. 다리를 양옆 일자로 벌리는 다리벌리기를 할 때면 허벅지가 찢어지는 것 같이 고통스럽고 그러다 보니 호흡이 잘 안되고 울렁거림이 생겨났다.

요즘 수련을 지도할 때 이야기를 하는 건데 예를 들어 다리를 펴고 앞으로 숙이는 자세를 하다 보면 몸이 굳어있는 사람들은 아프다. 아프면 몸이 긴장되고 가슴, 어깨가 순간적으로 굳고 호흡이 원활하지 않게 된다.

이런 현상은 수련을 할 때 의도적으로 숨을 참는 것과는 다르다. 지식(숨을 멈추는 것)은 가슴에 힘이 들어가지 않지만 이런 긴장에서 오는 숨의 멈춤은 순간적으로 기의 순환이 멈추게 되어 어지럽고 울렁거림이 생길 수 있다. 한 가지 요령이라면 쓰지 않은 근육을 푸는 방법은 호흡을 바라보며 굳어져 있는 부분(제일 아픈 부분)을 관찰하면서 호흡을 해준다. 호흡과 근육이 하나가 되면 아픔은 아픔대로 느끼면서 굳어진 부분의 움직임이 세세하게 느껴지고 천천히 풀

어지는 게 느껴진다. 그때의 경험으로 지도자 입장에 선 지금 누군가 토할 것 같은 느낌이어서 힘들어할 때, 그 고통을 어떻게 풀어야 할지 자세히 설명해줄 수 있다.

나는 어렸을 때부터 부모님을 따라 절에는 많이 다녀서 가부좌는 잘 되는데 그 이외의 유연성은 형편없었다. 그런 내 모습을 보시면 아버지께서는 젊은 녀석이 그렇게 굳어서 어떻게 하려고 하냐고 말씀을 하셨는데 나는 늘 이렇게 대답을 했다.

"제 손이 다리에 닿지 않는 것은 다리가 길어서 그렇습니다."

그런데 수련을 해보니 다행히도 그런 신체 구조상의 문제는 아니었다. 어느 날은 친구와 유연성을 키우고자 오체유법을 세 달 동안 하루 세 번씩 하기로 마음을 먹었다. 그리고 캠코더를 가져와서 첫 날 모습을 촬영을 하고 마지막 석 달 후 몸의 변화를 관찰해보기로 했다.

그렇게 매일 하루 세 번씩 오체유법 수련을 시작했다. 수련시간이 5시 반이면 미리 와서 오체유법으로 몸을 풀고 수련시간에는 법사님께 부족한 부분을 배워나갔다. 그렇게 한 달쯤 지났을까 크게 의식하지 않았는데 자연스럽게 다리를 벌리고 친구랑 이야기를 나누기까지 되었다. 도장에 가면 제일 부러웠던 사람이 다리 벌리고 책을 보고 있는 사람이었는데 어느새 그런 동작을 내가 하고 있는 것이었다.

'몸의 유연성, 부드러움을 만들어가는 것은 반복하는 게 가장 중요하구나'라는 것을 고등학교 2학년 때 몸으로 알게 된 큰 배움의 시간이었다. 그렇게 변화된 몸은 수련에 재미를 더해주었고 평범했던 한 고등학생을 선무도 수련의 길로 이끌어 주었다.

수련자의 모습으로 남아라

12년 전 2006년에 EBS 다큐 '맞수'라는 프로그램이 있었다. 골굴사 촬영을 마치고 아버지가 서울본원 원장을 맡고 계신 것을 알고 서울에 있는 종로 수련장에서도 촬영을 하게 되었다. 담당 PD가 선무도의 길을 가는 아들에게 아버지가 해주고 싶은 말을 물었다.

"지도자가 아니라 수련자의 모습으로 남아라."

당시 나는 예상치 못한 말씀에 뭔가 느낌이 있었지만 정확히 그 뜻을 이해하진 못했던 것 같다. 24살이라는 나이에 한창 힘이 솟고 사범이 된지 얼마 되지 않은 시기여서 더욱더 그랬을지도 모르겠다. 하지만 그때 그 말씀은 잊혀지지 않고 마음속에 남아 잔잔하면서도 깊은 울림을 주었다.

다시 생각해보니 그때는 그 말씀이 단지 '겸손하라'는 말로만 들렸었다. 그런데 계속해서 내 안에서 익어가는 동안 '겸손'은 물론 지도자는 본래 수련자여야 하고 원래의 목적, 수련을 놓치지 말라는 말씀이라는 것을 깨닫게 되었다.

사실 지도를 하기 시작하면 내 수련을 놓치게 되는 경우가 많은데 자기의 수련을 하지 않는 지도자는 있을 수 없다. 그 이유는 한계가 금방 드러나기 마련이다. 같은 말을 하더라도 수련생에게 전달되는 기운이 다르기 때문이다. 수련을 게을리 하지 않고 꾸준히 쌓아온

사람은 많은 말을 하지 않더라도 그 깊이와 전달되는 힘이 비교할 수 없다. 또 특별히 지도를 하지 않아도 내공이 깊은 수련자의 모습을 보면 수련생들은 자연스레 그를 따르기 마련이다. 그만큼 수련자의 모습은 '수련의 힘'으로 지도를 하고, 겸손은 자연히 뒤를 따르는 것 같다. 서울본원에서 사범으로 근무할 당시 이런 고민에 빠진 적이 있었다. 하루에 네 번의 수련지도와 외부강의 두세 군데를 다니다 보니 기운이 빠지는 느낌이었다. 피곤했고 쉬는 시간만 되면 몸을 움직이지 않고 쉬는 것을 택했다. 물론 필요할 때는 쉼이 꼭 필요하지만 시간이 지날수록 쉼에 익숙해지다 보니 게으름도 습관처럼 점점 늘어가는 것 같았다. 나와의 싸움이 시작됐다. 그렇게 피곤과 게으름이 수련을 가지고 아웅다웅하고 있을 때 열심히 수련하고 있는 수련생과 죽비를 잡고 지도하는 내 모습이 가슴에 팍 찍혔다.

'내가 수련을 게을리 한다면 함께하는 수련생들에게 거짓말쟁이가 되는 건 아닌가?' 또는 '이렇게 계속 이 핑계 저 핑계 대면서 수련을 멀리한다면 체력도 수련생보다 더 떨어지는 건 아닌가?', '수련하지 않는 사범이 과연 이 죽비를 잡을 자격이 있나?' 이런 생각들이 마음을 두드렸다.

때론 잔잔하게 두드리기도 했지만 죽비를 잡고 있는 내가 자격을 묻게 되었을 때는 강한 두드림이 있었다. 그래서 한 번은 생각 전에 몸을 움직였다. 삼토식을 하고 기본동작을 하면서 몸을 풀었다. 오히려 피곤했던 것이 풀리기 시작하는 느낌이었다. 온몸 구석구석까지 막혀있던 기운이 전달되며 내 몸을 깨우는 느낌을 받았다.

얼굴이 맑고 개운하며 활기차지는 것을 알았다. 그러다 보니 마음속에 가지고 있었던 사범으로서의 무거운 책임감도 마음 놓였다. 가장 기본이면서 가장 강력한 힘이 되어주는 수련자의 모습을 잃지 말라는 말씀을 몸과 마음속에 확실히 새겨두는 시간이 되었다.

허심(虛心)

준비! 장지르기 준비! 1승형 준비! 지대체 준비! 선무도의 준비 자세는 허심합장이다. 일반적인 합장은 두 손바닥을 가슴 앞에 모으고 절을 하는 것에 비해 허심합장은 마주 본 손바닥이 완전히 닿아있는 것이 아니라 볼록하게 손을 만들어 두 손 사이를 비워두는 것이다. 그리고 손끝이 눈높이에 오도록 한다.

선무도 수련을 하면서 그 어떤 동작보다 가장 많이 한 준비자세가 허심합장일 것이다. 하지만 그 뜻을 생각하며 관심을 가져본 것은 그리 오래 되지 않았다. 왜, 허심합장이라고 했을까? 그 뜻이 무엇인지 왜 준비하는데 마음을 비워놓는지 관심이 없었다. 그저 일반적인 동작이라 생각했다.

명상을 하면 보통 마음을 비우라, 생각을 내려놓으라는 등 여러 가지 이야기를 하는데 과연 마음을 비우고 생각을 내려놓는 게 가능한 일인지 모르겠다. 생각을 비우려 가만히 자세를 잡고 앉아있으면 평소 기억도 안 나던 것들까지도 수면 위로 떠올라 비워지기보다 더 채워지기만 하는데……. 처음 좌선하던 시절의 내 의문이었다.

땀이 뚝뚝 떨어질 정도로 무예 수련을 마치고 그대로 서서 두 손

을 모은다. 다리는 어깨넓이, 영동입관 수련을 하기 위해 준비를 한다. 허심합장을 하고 그대로 몸의 느낌을 바라본다. 격렬하게 수련을 하고 나서일까 몸의 반응이 더 크게 느껴졌다. 거칠게 호흡하고 있는 상체의 움직임, 허심합장에서 양팔 팔꿈치까지 흐르는 땀이 생생하게 느껴졌고 조금씩 호흡이 차분해지면서 숨과 몸의 움직임, 집중된 마음이 하나가 된 듯 느껴졌다.

그리고 조금 더 고요히 허심합장을 하고 있는데 호흡과 허심합장의 자세가 서로 스르륵 겹쳐지는 듯한, 포개어지는 느낌을 받았다. 호흡은 항상 비우고 채우는 것의 반복이고 지금 이 동작은 허심이다. '마음을 비운 상태, 허심합장 뜻은 가능성, 탄력성, 비어있음이구나!'

익숙한 이야기지만 잔을 비워야 새롭게 채울 수 있는 것처럼 호흡도 마찬가지이고 우리의 마음도 같은 것이다. 준비 자세를 통해 몸에 집중하고 마음을 비운 허심은 문자 그대로 안을 비웠으니 채울 수 있는 가능성을 말하고 있는 것이구나. 수련을 하기 전 그 마음을 알려주려고 시작을 허심합장으로 하는 것이 아닐까 하는 생각이 들었다.

처음 허심합장으로 준비해서 여러 가지 동작을 하고 마지막 마무리는 다시 허심합장. 어떻게 보면 준비자세인 허심합장이 선무도의 가장 핵심, 완벽한 동작일 수도 있겠다는 생각이 든다. 그 준비된 상태로 동작을 이어간다면 마음이 외부의 대상이 아니라 지금 내 모습에 오롯이 머물고 집중되어 수련에 임할 수 있을 것이고 이 마음은 결국 살아가는 내 마음의 탄력성도 키워주니 말이다.

허심은 의미가 문자에 고정된 것이 아니다. 그것은 비우고 채움의 자연스러운 생각으로 꽉 차있다면 그것을 불편하게 느끼는 지금 내 모습을 볼 수 있는 힘인 것 같다. 오늘도 허심합장을 하며 몸과 마음을 바라본다.

오늘도 기본기를 다져본다

선무도 도복은 몇 번 변화가 있었다. 요즘처럼 허리에 띠를 매는 것과 달리 예전에는 띠는 매지 않았고, 상의는 저고리 형태로 되어 있어서 간편하게 입을 수 있는 스타일이었는데 유급자는 흰색, 유단자는 회색으로 유급자와 유단자를 색깔로 구분하였다.

흰 도복을 입고 수련을 하고 있으면 회색 도복을 입은 유단자들과 사범님이 더 커 보이고 멋있어 보였다. 나도 얼른 유단자가 되어 회색 도복을 입고 싶었다. 열심히 다리도 벌리고 가장 기초 동작인 장지르기도 열심히 하면서 땀 흘린 시간이 쌓여갔다. 그리고 골굴사에 가서 흰 도복을 입고 1단 승단심사를 보게 되었다. 얼마나 긴장을 했던지 손은 덜덜덜, 장족앞차기를 할 때는 발에 땀이 나 미끌미끌했던 기억이 지금도 난다.

그렇게 심사를 잘 마치고 드디어 유단자가 되어 꿈에 그리던 유단자반에 나가게 되었다. 좁고 긴 도장에 30여 명의 유단자들이 나와 빼곡하게 채웠고 나는 제일 끝에 섰다. 오체유법을 하고 일어나 기본동작을 할 순서, 장지르기 준비를 했다. 장지르기는 선무도의 가장 처음에 배우는 동작 중 하나인데 쌍장, 전장, 측장, 하장, 상장 이

렇게 손을 좌우, 상하로 뻗으며 단전의 힘을 키울 수 있는 수련이다.

장지르기 수련이 시작이 되었고 다섯 가지 동작을 수련에 나온 사람들이 10개씩 구령을 돌아가면서 했다. 즉, 쌍장 10개를 돌아가면서 하고, 그 다음 전장을 10개씩 돌아가면서 하고, 상장까지 이런 방식으로 수련을 했다. 30명이라면 각 동작을 300개씩 하게 되는 것이고 다 합치면 1500개를 하게 된다. 자세가 무릎은 굽혀 앉은 기마자세인데 일어났다가 앉았다 하는 자세를 낮추는 동작을 각 1500개(인원수에 따라 다르지만) 정도를 하게 되는 것이다.

처음 10개, 20개를 할 때는 '할 만한데.'라고 느끼지만 개수가 늘어날수록 허벅지가 빵빵해지는 것을 느낀다. 그리고 중간쯤 되면 고비가 오기 시작하는데 동작이 조금 소심해지고 호흡은 거칠어진다. 머리는 오만가지 생각이 들기 시작한다. 계속 해야 하는 것인가, 잠깐 화장실을 다녀오는 척해야 하나, 잠깐 쉬어갈까 등 많은 생각이 나는데 그래도 고집은 있어서 쉬지 않고 꾸역꾸역 한다.

땀이 바닥에 뚝뚝 떨어지기 시작하고 이 고비가 지나가면 동작이 자연스럽게 자동화되어 간다. 마치 마라톤을 할 때 어느 정도 지나가면 팔이 저절로 흔들리고 다리가 자동으로 움직여 앞으로 가는 것처럼 동작이 멈추면 이상할 것처럼 자동으로 움직이게 된다. 그리고 마지막 10개 구령을 시작하면 힘들어서 작아졌던 구령 소리가 악을 쓰듯 있는 힘껏 큰 소리로 한다. 그렇게 '열'을 외치고 무릎을 펴고 호흡을 고르면서 허심합장을 하고 있으면 다리의 떨림이 느껴진다. 바닥에는 각자의 다리 밑에 땀자국이 흥건하다.

이렇게 땀을 흠뻑 흘리고 힘이 없을 때 승형을 하면 전체적인 힘은 없을지라도 오히려 몸에 쓸데없는 힘이 빠져 동작은 선명해진다.

지금은 이렇게 많은 개수를 하지는 않지만 공연을 하거나 시범을 보일 때 느끼는 것은 기본을 다지는 기초 단계를 잘 쌓았기 때문에 '지금 내가 이렇게 점프를 하고 발을 차며 수련을 해나갈 수 있었구나'라는 생각이 든다.

모든 것이 그렇겠지만 기본은 뿌리가 튼튼하게 잘 내릴 수 있도록 땅을 다지고 영양가 좋은 거름을 주는 아주 중요한 부분이다. 뿌리가 튼튼하게 잘 내리고 자리를 잡아야 꽃이 피고 열매를 맺을 수 있다. 오늘도 기본기를 다져본다.

장지르기

단전의 힘을 키우는 선무도 기본동작

장지르기는 선무도의 가장 기본 동작 중 하나이다. 처음 수련장에 가면 배우게 되는 동작인데 단전, 하체를 단련하고 상체의 움직임을 부드럽게 하는데 도움이 된다. 골반을 움직이면서 동작을 반복하다보면 자연스럽게 깊은 호흡을 하게 되는 것을 느낄 수 있다. ➡

장지르기

①

선무도 준비자세. 허심합장을 하고 두발은 어깨넓이로 벌린다.

②

'옴' 소리와 함께 ②~⑥번을 이어서 두 팔을 크게 한 바퀴 돌린다.

③

머리 위로 올렸던 양팔이 천천히 갈라진다.

④

어깨에 힘을 빼고 손끝으로 큰 원을 그리듯 돌린다.

⑤

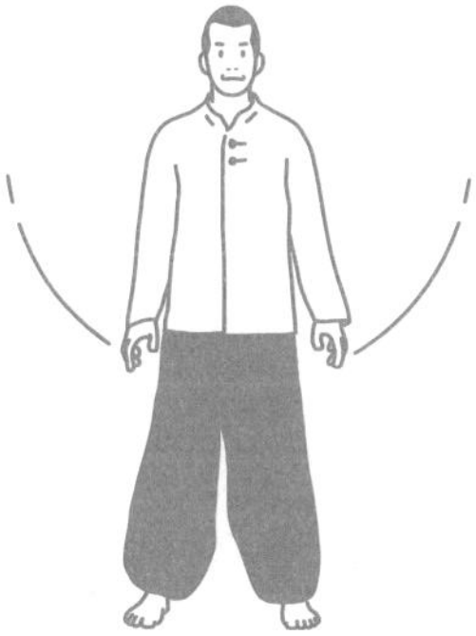

어깨 힘을 빼고 양손을 아래로 향한다.

⑥

선무도 준비자세, 허심합장을 한다.

장지르기

⑦

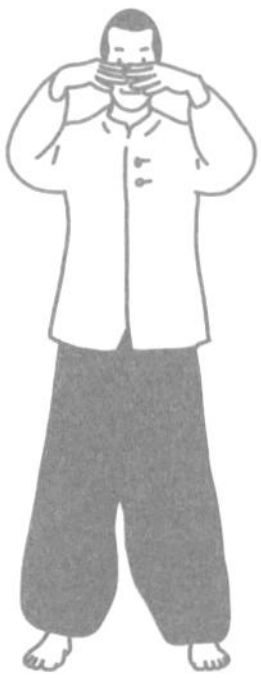

손끝은 붙이고 손바닥을 벌린다.

⑧

⑦번 동작에 이어 손벽을 친다 (반합).

⑨

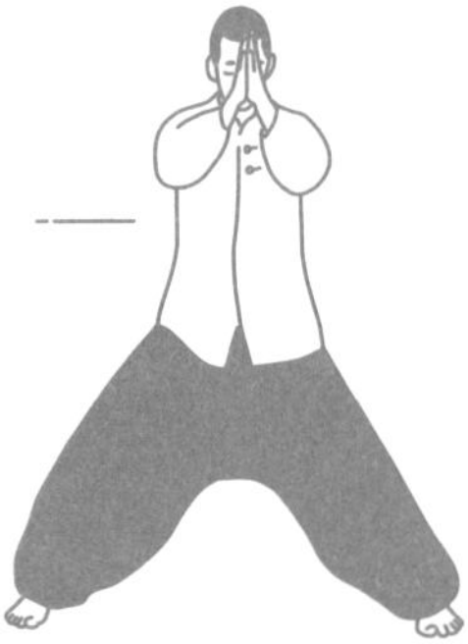

왼발을 옆으로 벌린다.

⑩

자세를 낮추며 양손은 힘을 빼고 앞으로 뻗는다.

⑪

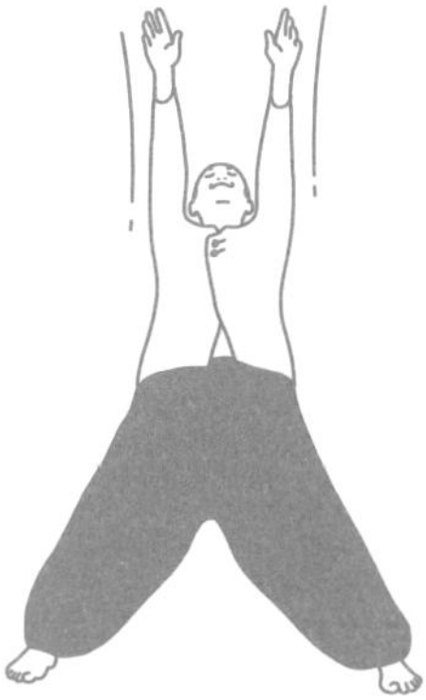

숨을 들이쉬면서 양팔을 위로 올린다. 골반을 앞으로 밀면서 허리는 자연스럽게 뒤로 젖힌다. 시선은 자연스럽게 손을 따라간다.

⑫

내쉬면서 허리를 바로 세우고 자세는 서서히 낮춘다. 양손은 귀 밑으로 돌리며 앞으로 내민다.

장지르기

⑬

양손을 앞으로 뻗고 손가락 손바닥을 펼친다.

⑭
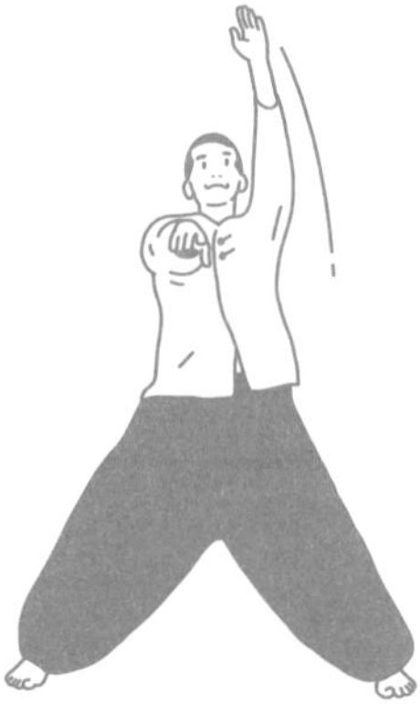

숨을 들이쉬면서 왼팔을 올린다.

⑮
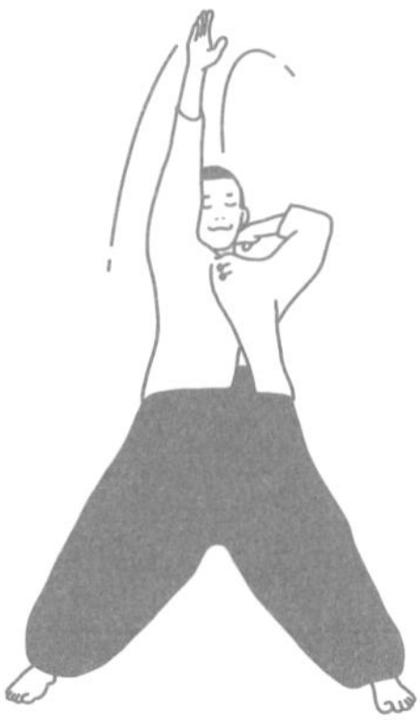

왼팔은 목 뒤로, 이어서 오른팔이 위로 올라간다.

⑯

왼팔은 앞으로 뻗고 손가락 손바닥을 펼친다. 오른팔은 구부려 목 뒤에 둔다.

★ 내미는 팔 어깨가 앞으로 빠지지 않도록 한다.
★ 이어서 반대쪽을 한다.

⑰

숨을 들이쉬면서 오른팔을 올린다. 골반을 앞으로 내밀어 허리를 뒤로 젖힌다.

⑱

다리는 정면을 보고 왼팔을 뻗고 허리만 틀어 방향을 오른쪽을 향한다.

★ 이어서 반대편을 한다.

장지르기

⑲

숨을 들이쉬면서 오른팔을 올린다. 왼팔은 귀밑에서 돌려 천천히 뻗는다.

⑳

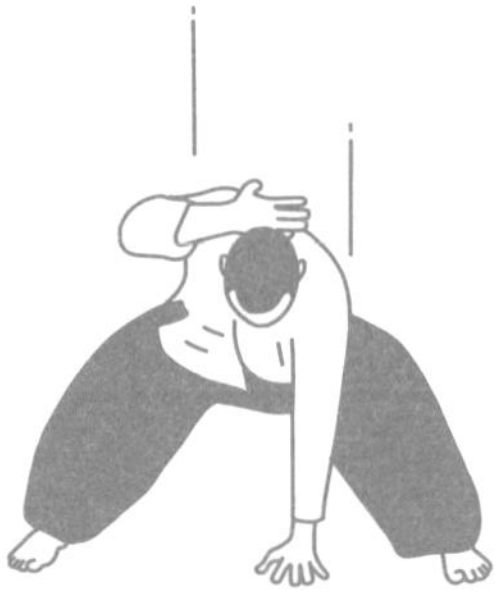

숨을 내쉬면서 왼팔을 아래로 뻗는다.

★ 무릎을 구부려 자세를 낮추고 상체는 지면과 평행이 되도록 펴준다.
★ 이어서 반대편을 한다.

㉑

들이쉬면서 오른팔, 상체를 들어 올린다. 왼팔은 귀밑에서 천천히 돌려 위를 향한다.

㉒

왼손을 위로 뻗고 자세는 낮춘다.

㉓

왼손을 뒤로 넘기며 골반을 앞으로 밀어 허리를 자연스럽게 젖힌다. 숨은 들이쉰다.

㉔

오른팔을 귀밑에서 돌려 위로 뻗는다. 자세는 낮추고 왼팔을 구부려 목뒤에 놓는다.

장지르기

㉕

숨을 들이쉬면서 다리는 어깨 넓이 양 손은 모아서 머리위로 올린다.

㉖

양손이 갈라져 팔을 크게 돌린다.

㉗

어깨 힘은 빼고 손끝으로 원을 크게 그리듯 돌린다.

㉘

손을 모은다.

㉙

허심합장으로 마무리한다.

장지르기는 하체를 단련하는 동작을 통해 자연스럽게 단전까지 깊은 호흡을 할 수 있도록 도와준다. 선무도의 가장 기본동작으로 쌍장, 전장, 측장, 하장, 상장 이 다섯 가지 동작을 10회씩 반복하면 좋다. 무리되지 않도록 횟수를 정해서 하고 어느 정도 단련이 되면 횟수를 몸에 맞게 조금씩 늘려가는 것이 좋다.

공연이야기

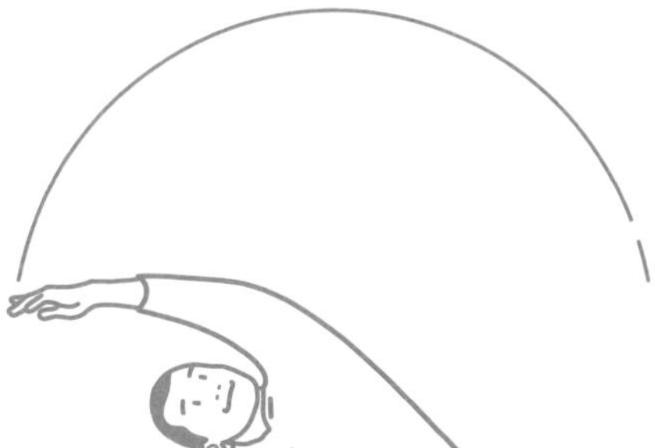

허공과의 만남

요즘은 한 달에 한 번 씩 골굴사에 가서 수련을 하고 온다. 한 번 씩 골굴사에 가서 가족 같은 분들과 함께 수련을 하고 오는 일이 정말 좋다. 내가 좋아서 가는 것도 크지만 수련을 너무 놓치지 않기 위해 가고 있다. 이번에는 때마침 외부공연이 맞물려 있다.

오랜만에 공연단원들과 호흡도 맞춰보고 실컷 뛰어오르기도 하는데 짜릿짜릿하다. 연습을 마치고 공연복을 차려입었다. 대기석에 앉아 있는데 항상 하던 때와 다른 느낌이 들기 시작했다.

매일 같이 공연을 할 때는 약간의 긴장감이 있었고 하면 할수록 그런 긴장감보다는 내 안에 집중해서 공연을 하곤 했다. 그런데 이번에 다가오는 긴장감은 색달랐다. 긴장이 되기 시작하면 마음의 초점이 흐려지기 마련이다. 갑자기 집중력이 떨어져서 어떻게 해야 할지 모를 그런 느낌이었다. 그 정도까지 갈 줄은 몰랐는데 생각보다 큰 긴장감이 다가왔다. 순간 몇 가지가 머릿속을 스쳐지나갔다.

'호흡', '허공'. 천천히 눈을 잠시 감고 호흡을 했다. 정확히 말하면 호흡에 집중을 했다. 천천히 호흡을 하자 마음도 고요해졌다. 다음은 허공. 허공을 느낀다. 허공을 만나려면 집중 밖에 없다. 평상시에도 허공과 항상 맞닿아 있지만 느껴지지 않는다. 허공과 맞닿아 있는 피부들이 섬세하게 반응한다. 차츰차츰 호흡은 안정되어 차분하다. 그리고는 눈을 떴다.

주변에 달라진 것은 없다. 달라진 것은 내 마음뿐이다. 주변의 것들이 섬세하게 다가온다. 공간, 사람들, 소리가 선명해졌다. 처음 느껴보는 경험이다.

호흡이 고요해지고 허공이 느껴지면서 나라는 존재가 따로 있는 것이 아니라 주변, 공간에 조화가 된다. 무언가 함께 살아 움직이는 것 같은 느낌이다. 마침 공연시간이 되었고 차분하게 걸어 나가 동작을 시작했다. 필요 없는 힘은 빠지고 탄력은 살아났다. 내 움직임과 주변이 오롯이 잘 느껴졌다. 관객과 가까운 무대였기에 사람들의 시선, 말소리가 생생하게 다가왔다. 그렇지만 동작에는 흔들림이 없었다.

'주변과의 조화는 이런 느낌이었구나.' 조화가 되면서 그냥 그대로 몰입되어진 모습들이 표현된다. '지금 깨어있다.'라는 것은 이런 느낌이었을까 생각해본다.

무대를 사수하라

골굴사에서 선무도 공연을 한 지는 꽤 오래되었지만 정식 공연단을

만들어 활동을 시작한 것은 2011년부터이다. 문주스님께서 선무도 포교의 한 방법으로 선무도를 무대화하여 보여주고 그 기운을 공감하여 보는 사람들로 하여금 수련을 하고자 하는 마음을 낼 수 있도록 하기 위해 뜻을 세우셨다.

당시 나는 서울본원에서 지도를 하고 있었다. 문주스님께서 공연단의 계획을 말씀해주시고 함께 하자는 제안을 해주셨다. 나는 다시 경주 골굴사로 내려가 공연단에 합류하게 되었다. 2011년 1월부터 본격적으로 공연단이 만들어지고 골굴사 안에서 선무도 상설공연이 열리게 되었다. 월요일을 제외하고 매일 2회씩 공연을 하였는데 나중에 나와서 횟수를 세어보니 외부공연을 포함해서 1년에 약 700회 정도를 한 셈이었다.

아무래도 첫 시도인 만큼 의상, 음악, 동작 등 많은 도전이 있었다. 겨울이다 보니 큰 변수는 '눈'이었다. 사실 경주가 눈이 많이 내리는 지역은 아니다. 아무래도 서울보다는 따뜻한 지역일 텐데 2011년에는 눈이 어마어마하게 많이 왔다. 무대는 큰 법당(대적광전) 앞 야외무대인데 골굴사의 지형을 잠시 설명하면 입구(일주문)에서 평평한 주차장을 지나오면 두 갈래 길이 나온다. 오른쪽은 원효관(선무도대학, 수련장)이고 왼쪽은 골굴사 큰 법당으로 가는 길이다. 길을 내서 길이긴 하지만 실은 깊은 골짜기인 지형이다. 이 깊은 골짜기를 따라서 계속해서 올라가면 108계단, 그 끝 큰 바위에 마애부처님이 계시고 왼편에 큰 법당과 무대가 있다. 결론적으로 오르막 끝에 무대가 있다는 말이다.

야외에서 공연을 해야 하기 때문에 날씨를 늘 잘 살펴야 하고 눈이 온다는 소식이 있으면 그 전에 천막을 크게 쳐놓고 눈을 쓸어가며 무대를 사수해야 했다. 그러는 도중에도 눈이 오기도 하고 공연을 하고 있는 뒤에서 번개가 치는 모습이 보이는 날도 있었다. 그 해 설날에는 많은 사람들이 공연을 관람하기 위해 자리를 잡고 앉았다. 우리는 어느 때와 같이 무대의 눈을 치우고 정비를 한 후에 공연을 시작했다. 그런데 법당 기와에 얼어있는 눈이 녹아 공연 중에 앉아 있는 내 바로 앞에 '퍽' 하고 얼음이 떨어지는 풍경이 연출되기도 했다.

지금 다시 공연단과 만나서 이야기를 하다 보면 그때를 떠올리며 즐거운 추억이 되었지만 그 당시에는 실내에서 하거나 날씨 상황이 좋지 않다면 취소할 수도 있지 않을까 하는 생각이 들기도 했다. 첫 공연단 감독이었던 철안 법사님은 늘 무대가 잘 준비될 수 있도록 노력하고 이끌어갔다. 그 당시 하루도 빠짐없이 그야말로 눈이 오나 비가 오나 그때 그렇게 하지 않았다면 공연단이 안착하기 어려웠을 것이다.

만약 첫 시작인데 이 핑계, 저 핑계로 취소하였다면 공연에 대한 신뢰가 떨어졌을 것이고 공연자의 마음가짐도 흐지부지 되었을 것이다. 사람의 마음은 어떻게 길들이느냐에 따라 편한 쪽으로 생각이 들기 마련인데 날씨가 흐리고 애매한 경우에는 할까 말까 고민을 사서하게 되었을 것이고 그런 마음가짐으로는 공연으로 전하는 기운이 관객과 소통될 수 없었을 것이다.

그렇게 공연단의 첫 계단을 잘 다져 나갔던 일이 참으로 감사하

다. 공연장으로 가기까지 108계단이 있는데 108계단 중 그 첫 계단을 놓을 때 마지막 108번째 계단의 방향을 생각하면서 바르게 잘 놓아야 다음 계단을 밟아갈 수 있는 것처럼 우리 공연단의 첫 계단은 추운 겨울 무대를 사수하는 것으로 방향을 잡고 공연자의 마음도 중심을 잡아가는 수련이 되었으리라 생각한다.

공연, 대중 앞에 선다는 것

다른 사람들 앞에서 무언가를 한다는 것은 사람마다 다르겠지만 나의 경우는 긴장이 제일 먼저 앞선다. 선무도 수련을 하면서 자연스럽게 공연무대에 서게 되는 경우가 많아졌는데 시작하기 전의 긴장과 떨림과 사투가 공연할 때 큰 영향을 주었다.

익숙해지기 전까지는 공연을 하기 전 매우 많은 생각이 나를 휘감았다. 보고 있는 사람들, 그 사람들이 어떻게 볼 지, 잘 해야 된다는 부담감, 실수했을 때의 걱정 등 많은 생각들이 몸과 마음을 꽁꽁 휘감았다. 그런 긴장감, 부담감 앞에서 내가 할 수 있었던 건 아무 것도 없었던 것 같다. 아니 그것보다 무언가를 할 수 있는 여지가 없었다. 긴장, 불안으로 시작된 많은 생각들은 한마디로 몸도 마음도 얼어붙게 해서 평소 알고 있던 방법들, 예를 들면 호흡을 해서 몸을 느끼는 방법이 통하지 않았다.

이런 현상은 비단 나만 느끼는 게 아니라 많은 사람들이 공통적으로 경험하는 것들이다. 누군가의 앞에서 이야기하는 것이 너무 떨려서 한마디도 못하는 아이들, 쉬는 시간에는 그렇게 말을 잘하는데

도 정작 사람들의 시선이 자신에게 집중되면 얼어버리는 사람들이 있다. 나도 그중의 한 사람이었다. 지금도 완전히 극복했다고는 할 수 없지만 내가 하고 있는 일에 대해서는 이제는 어느 정도 자연스러워지고 있다.

처음 공연단 감독이 되어서 사람들에게 공연단 소개, 사찰소개 등 전체적인 진행을 할 때 엄청 긴장했던 기억이 있다. 가장 힘이 들었던 것은 그 시간이 바로 몇 분 후로 다가왔을 때이다. 그 짧은 순간에 정말 많은 생각이 스쳐 지나간다. 비가 와서 공연을 안 하게 되면 좋겠다, 오늘은 사람이 한 명도 없었으면 좋겠다 등 말도 안 되는 이유를 붙여가며 도망가는 생각이 내 몸과 마음을 덮었다.

그렇게 긴장하며 결국 시간이 다가와서 엄청 떨면서 진행했던 기억이 있다. 그럴 때마다 나는 다시 방에 돌아와 그때의 상황을 다시 천천히 살펴보았다. 왜 이렇게 긴장을 했을까. 그것은 단 두 가지로 결론이 났다. 잘못될까에 대한 두려움과 잘하고 싶다는 욕구에서 지금 현재 내 상황이 전혀 살펴지지 않았던 것이었다. 처음 하는 일이면 긴장하는 게 어쩌면 당연한 일일 것이다. 내 현재의 상황과 관계없이 긴장하는 모습을 보여주지 않으려고 애를 쓰면 쓸수록 그 힘은 점점 나를 더 얼어붙게 하였다.

돌이켜보니 내가 집중하는 에너지의 많은 부분이 내가 아니라 듣는 사람, 즉 외부의 조건에 있다는 것을 알게 되었다. 다시 말하면 저 사람들이 어떻게 들을까, 내가 실수하면 저 사람들에게 얼마나 창피스러울까, 내가 잘하지 못하는 모습을 보여주기 싫다 등 '내가,

내가' 하며 끊임없이 '나'라는 아집을 지키기 위해 어떻게 '보일까'에 집중되어 있던 것이다. 100퍼센트 지금에 집중해도 잘 될까 말까인데 기운이 바깥 대상으로 흩어져서 내가 무슨 말을 했는지, 호흡이나 몸짓, 떨림 같은 현재 의식은 전혀 느낄 수 없는 상황이 반복되는 것이 살펴졌다. 처음 해보는 일이 내 실력임을 인정하기보다는 실수했다고 자책하고 이런 저런 변명과 불평불만으로 도망가기 바빴다.

신기한 일은 이렇게 돌이켜 살펴보는 일만으로도 마음의 여유가 좀 생기자 떨리는 것도 내 실력임을 인정하게 되었다. 그 후 나는 공연 전 내가 할 수 있는 것부터 준비하기 시작했다. 연습도 해보고 키워드만 적어서 조금씩 보며 읽을 수 있는 작은 수첩을 만들며 조금씩 공연을 만들어 나갔다. 점점 익숙해져서 나중에는 수첩 없이 마이크만 들고 진행을 하게 되었고 마음이 안정되다 보니 목소리도 차분해졌다. 조금씩 유머도 섞어가며 진행하는 여유도 생겼다.

이런 준비와 나를 살펴보는 시간이 지나면서 말을 잘한다, 목소리가 너무 좋다는 말까지 듣게 되었다. 그것은 정말 준비와 마음의 여유, 그것뿐이었다. 기분도 좋고 속으로는 '내가 말을 잘한다는 소리를 듣다니!' 하는 생각에 내가 기특하기도 했다. 물론 준비한 것에서 벗어나면 또 헤매지만, 사람들 앞에 서면 긴장으로 얼어붙어 식은땀이 흐르던 내 모습에 비하면 엄청난 발전이 아닐 수 없었다. 처음이니 긴장하는 것이 당연하다고 인정하고 계속 반복 연습과 준비를 갖추며, 잘못 되었을 때는 후회로 나를 질책하는 대신 더 준비하는 경험으로 쌓아가는 것이 비결이라면 비결이었다.

이런 경험은 무대공연을 준비하는 것에도 많은 영향을 주었다. 말하는 것보다는 몸으로 공연하는 게 나에게는 더 익숙하지만 마음 깊이 영향을 주었다고 생각한다. 마음의 여유가 생기니 공연을 하면서 전체적인 흐름을 보는 힘이 생겼다.

공연, 사람들 앞에 서서 무언가를 해본다는 것은 정말 큰 배움이었다. 이것도 수련이었다. 순간순간 불편을 외면하며 도망가는 마음, 불평불만으로 변명하는 모습을 알아차리는 것, 정말 좋은 수련의 시간이 되었다. 물론 지금도 계속 놓치지 않고 해나가야 하는 수련이다.

88세 가라데 수련자 이와모토

2016년 여름. 한일무예교류 일정이 잡혔다. 문주스님께서 참석하시는 한국을 대표하는 전통무예와 일본 전통무예의 '전통무예교류세미나'에 한국 전통무예 일원으로 참가하는 행운의 기회가 있었다. 연극배우이자 선무도 지도자인 안치욱 법사님과 함께 일본행 비행기에 올랐다.

비행기에 오르자 일본이라는 나라에 대해 생각을 해보니 일본이 내 마음 속에는 큰 벽이 가로막혀 있는 부정적인 이미지로 자리 잡고 있었다는 걸 알게 되었다. 친할아버지께서 독립유공자이셔서 알게 모르게 일본에 대한 불편함이 자리 잡고 있었다는 생각이 든다. 그러면서도 묘하게도 배울 것도 참 많은 나라인 듯하다. 전통을 이어나가는 장인 정신, 사찰, 음식 등의 정갈한 이미지 또한 일본에 대한

좋은 느낌으로 갖고 있다. 일본을 처음 가보는 것은 아니었지만 무예교류인 만큼 가는 동안 여러 가지 감정이 뒤섞여 있었다.

마침내 가깝고도 먼 나라 일본에 도착. 우리 일행은 짐을 풀자 첫 번째 장소로 이동했다. 각자 가져온 도복을 구겨지지 않도록 잘 접어서 준비했다. 첫 번째 장소는 아주 오래된 도장이었는데 어느 대학 안에 있는 수련장이었다. 젊은 사람들도 많았지만 이 수련장은 지금은 60대, 70대가 되는 분들이 대학시절부터 수련해온 장소로 지금까지 유지되고 있는 곳이란다.

그 중에서 가장 눈에 띄는 분은 이와모토 선생님이었다. 그는 한일무예교류가 일본에서 성사될 수 있도록 중요한 역할을 하신 분이었는데 이와모토 선생님은 연세가 88세셨다. 먼저 일본 가라데 수련생들이 건물 규모는 작지만 오랜 세월의 흔적이 보이는 수련장에서 시범을 시작했다. 바닥의 매트와 나무로 지어진 벽면, 천장이 옛날 영화에 나오는 듯한 분위기를 내뿜었고 이곳은 진지하게 임하는 수련생들의 얼굴과 잘 어울렸다. 거기에는 힘 있고 절도 있는 동작, 호흡이 있었다. 그리고 88세 이와모토 선생님의 시범이 있었다. 왜소한 체구에 하얀 머리와 낡은 흰 도복, 단단하면서도 손때가 많이 묻어있는 도복띠가 평생 수련을 해온 분임을 말해주는 것 같았다. 시범이 시작되자 눈빛부터 남달랐다. 힘 속에 부드러운 여유, 기합, 살아 있는 손날이 동작이 크거나 화려하지 않아도 그 공간에 있는 사람들의 시선, 마음을 집중시키고 있었다. 숨소리를 내는 것도 조심스러울 만큼 분위기가 고요했지만 수련도장은 알지 못할 힘으로 가득찼다. 아주 정갈하고 묵직한 느낌의 시범이 끝나자 사람들의 큰 박수소리가 이어졌다.

그리고 한국을 대표하는 전통무예 단체들의 시범이 이어졌다. 이번에 더 감명 깊었던 것은 무예 단체장분들도 직접 시범을 보이셨다는 것인데 젊은 제자들만 화려한 동작을 보여주는 것이 아니라 단체장 분들의 기품 있는 무예의 아름다움을 볼 수 있는 기회가 되었다. 택견, 24반 무예, 풍류선도, 기천문 등의 시범이 이어졌고 드디어 선무도 차례가 되었다.

문주스님의 시범이 먼저 이루어졌고 파워풀한 앞차기를 할 때 일본 가라데 수련생들의 술렁임이 아직도 생생하다. 그리고 안 법사님의 2승형이 이어졌고 마지막에 내가 3승형을 시범 보였다. 무예를 서로 교류하는 자리여서 대결을 하거나 승패를 가리는 것은 아니었지만 뭔지 모르게 남다른 느낌이었다. 무대에서 선무도 공연을 하는 것과는 다른 기류가 내 안에서 흘렀다. 기합이 들어가고 사명감을 눈빛과 호흡, 손끝, 발끝에 싣고자 했다. 다른 때보다 훨씬 더 기운찬 동작을 시범했던 안 법사님도 나와 같은 느낌이었으리라 생각한다.

그 후 며칠 동안의 일정으로 무예를 교류하고 전하는 시간을 가졌고 그 때마다 이와모토 선생님의 모습이 강렬했다. 일정이 마무리 되어갈 때 쯤 이 행사를 전체적으로 진행하신 태권도 사범님께서 선무도의 집중 몰입된 시범이 좋았다고 말씀주시는 것을 보니 그래도 우리가 준비한 것은 잘 전달된 듯하여 마음이 뿌듯했다. 또 한국의 전통무예를 이끌어가는 현직 지도자분들과도 이야기를 나누고 가

까워지는 시간이 되어 뜻깊은 시간이 되었다.

돌아오는 비행기에서도 많은 생각이 스쳐지나갔다. 그중 가장 깊게 남은 것은 역시 이와모토 선생님이셨다. '과연 나도 88세라는 나이까지 수련을 할 수 있을까.'라는 생각과 함께 '수련은 동작에만 치우치는 것도, 어느 한순간에 완성하고 끝이 아니라 매일 해나가야 하는 것이구나. 그러니 지금의 이 마음을 놓치지 말고 수련에 임해야겠다.'고 다짐했다. 눈빛과 손끝에 그 사람의 삶이 실려 있듯이.

중심 。

마음의 중심은
바른 몸을 만드는 데서 시작된다.

몸을
바르게 만들려면 첫 번째는
관심이다.

관심을 가지고 바라보는 것에서
시작하면 채워가야 할 것들이 보인다.

채워가며 집중했던 시간은
어느새 마음이 하나에 집중하고
몰입해 있음을 알려준다.

바른 몸을 만들기 위해
집중했던 마음이 점점
바른 마음으로 중심이
명확하게 세워짐을
느끼게 된다.

무도(武道) 。

격렬히 점프를 하고 고난이도의 발차기,

지르기를 하고 난 후 그대로 눕는다.

호흡이 온몸으로 느껴진다.

거칠어진 호흡으로 크게 움직이는

가슴,

배,

온몸에 귀를 기울인다.

거친 호흡에

집중하는 순간부터 조금씩

안정되어가는 것을 느낄 수 있다.

격렬한 움직임이 몸의 감각을

강하게 알려준다.

살아있음을 몸으로 알려준다.

생각으로 '내가 살아있구나'가 아닌

숨에 집중하게 된다.

마음이 몸에 실린다.

일념으로 호흡한다.

머리끝부터 발끝까지

텅 빈 것 같은 느낌과

기운이 꽉 찬 것 같은

탄력이 공존한다.

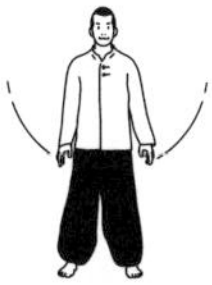

프랑스에 선무도장이 있다

프랑스 툴루즈 도시에 선무도 수련장이 있다. 프레드릭이라는 프랑스인이 20여 년 전에 문주스님과의 인연으로 제자가 되었으며 태권도 사범이었던 프레드릭이 선무도 수련장을 함께 만들었다. 툴루즈는 붉은 벽돌로 지어진 건물들이 아기자기 하면서 단풍이 한창인 가을 분위기와 잘 어울리는 아름다운 도시였다.

특히 툴루즈는 붉은 벽돌로 유명한데 예전에 붉은 벽돌을 툴루즈에서만 생산했다고 한다. 그래서 그 당시 지어진 벽돌 건물들은 모두 문화재처럼 보호하고 있다. 옛 도시 모습을 지키기 위해 함부로 개발하지 않고 옛 모습 그대로 보존하고 있다고 한다. 붉은 벽돌과 붉은 장미가 아름다운 고풍스러운 도시는 문득 시간을 거꾸로 되감은 듯 옛 모습 그대로 정겨움과 따뜻한 정서가 담겨있었다.

해마다 프랑스 툴루즈에서는 문주스님을 모시고 선무도 세미나, 선무도 공연이 진행된다. 나는 2011년 처음으로 문주스님을 따라서 프랑스 세미나에 갈 수 있었다. 그리고 2013년, 2015년까지 세 차례 세미나에 참석해 실기지도와 유럽지역에 선무도를 배우는 사람들의 특별 심사를 진행하는 심사위원으로 참석을 했다. 유럽을 처음 가게 된 나는 설레기도 하고 긴장도 많이 했었다. 길거리 공연도 하고 세미나에서 시연을 하곤 했는데 첫 세미나는 이국적인 문화와 그 속에서 펼쳐지는 선무도 공연으로 시야를 넓힐 수 있는 좋은 경험이 되었다. 그리고 두 번째 세미나를 가서도 외국인들과 선무도를 주제로 공감할 수 있는 좋은 경험을 하였지만 조금 아쉬웠던 부분은 언어 장벽이었다. 내가 전달하고자 하는 것들이 언어에 막혀 간단하게 한마디로 끝내거나, 동작에 대한 설명을 자세히 전달하기 어려워 사람들과 충분히 공감하지 못했던 점이 많이 아쉬웠다. 지도자와 배우는 사람들은 수련하는 걸로 믿음이 가고 배우기는 하지만 대화로 설명되어야 하는 부분, 궁금한 점을 막힘없이 묻고 대답하는 일 또한 중요하기 때문이다. 그곳에서의 내 역할은 최선을 다했지만 대화보다는 눈빛으로 공감할 수밖에 없었던 시간이 아쉬움으로 남았다.

그리고 세 번째 세미나에는 스님 제자이신 혜각 스님과 함께 가게 되었다. 이번에도 진행은 크게 변동이 없었다. 세미나 시연과 공연, 심사 등으로 진행되었는데 한 가지 예년과 다른 것은 실기지도를 할 때에도 통역이 있었다. 말이 통할 수 있다는 것은 수련의 효과가 강력했다. 정확한 동작 지도와 함께 그 동작에 따른 의미를 전할 수 있어 수련을 더 깊게 진행할 수 있었다. 배우는 사람도 모양을 따라하는 동작이 아니라 동작 하나 하나에 담긴 마음에 관심이 살아나 수련시간 내내 진지한 모습들이었다.

중간중간 작은 농담들에 프랑스인의 반응이 매우 흥미로웠다. 대화의 흥미를 살리는 리액션이 자유롭고 자연스럽게 표현되었다. 농담을 한 마디 하면 모두가 웃으며 전체가 박수를 쳐주었다. 웃는 모습과 박수가 마치 한 공간에 있는 모든 사람들이 하나로 연결되는 느낌이 들었다. 너와 나라는 그 사이의 벽에 소통이라는 빛이 사람과 사람을 하나로 이어주며 시간이 지나면서 그 벽은 활짝 열렸다.

선무도 수련이 기능적인 동작만 익히는 것이 아니라 마음의 수

련이라는 것, 정과 동의 조화 등 전달하고자 하는 것들이 잘 소통이 되었다. 늘 아쉽고 부족했던 부분들이 자유롭게 대화로 소통하며 마음을 여는 것이었는데 2015년 세 번째 세미나에서는 많이 보강된 셈이었다. 그렇게 된 것은 첫째로 통역이 있었고, 나 자신도 세 번을 만나는 동안 완벽하진 않지만 외국인과의 교류에서 내 안에 굳어있던 부분이 조금 열리는 시간을 갖게 되었다. 그것은 내가 제일 먼저 느꼈지만 여러 차례 나와 함께 수련했던 사람들도 내가 예전과 많이 변했다고 말해주었다. 무언가 변화가 필요하다면 내가 먼저 변화하고 마음을 여는 것이 소통하는 데 중요한 역할을 한다는 것을 다시 한 번 배우게 되었다.

자만이 불러온 준비 부족

선무도의 동작은 역동적이고 화려하기도 하지만 어떤 부분에서는 섬세한 부드러움과 유연함이 공존한다. 또 부처님 말씀을 상징화한 동작들은 일반적으로 흔히 볼 수 없는 동작들이 많다. 그래서 무용가, 연극배우 등 예술인들의 관심을 많이 받는 편이다. 선무용과 선무도는 오래 전부터 함께 공연을 해왔는데 그 공연에서 알게 된 재즈댄스를 전공으로 하는 분과 공연을 하게 되었다.

강남댄스페스티벌. 이 행사에 대회 목적으로 나가는 것은 아니고 초청공연으로 해서 그 분과 함께 동작을 맞춰가며 준비를 했다. 이때 당시 나는 선무와 선무도 공연으로 많은 경험을 쌓았고 시범에서 그치는 것이 아니라 무대에서 공연을 하는 것을 익혔다.

나에게도 새로운 도전이기도 해서 새롭게 옷을 맞추며 준비를 했다. 공연 당일 몸을 가볍게 풀고 대기를 하고 있는데 리허설시간이 충분히 주어지지 않아 무대를 밟아볼 시간이 없었다. 무대를 밟아보진 못했지만 그동안의 경험을 믿고 크게 문제시 하지 않았다. 이때는 골굴사에서 수련하고 서울로 올라온 지 얼마 되지 않았고 20대의 젊은 패기를 믿었던 것 같다. 그런데 그 잘못된 믿음이 착각이었고 자만이었다는 것을 공연을 마치고 알게 되었다.

공연 차례가 되어 무대에 섰고 준비해온 신발부터 옷가지를 정돈했다. 그리고 음악에 맞춰 동작을 시작했는데 무언가 잘못 되고 있음을 바로 인지했다. 어떤 문제였냐면 무대의 바닥과 신발이 잘 맞지 않아 미끄럽고 신발은 날씨가 변해서인지는 몰라도 힘껏 차면 관객석으로 날아갈 것 같이 헐렁했다. 동작은 조심스럽다 못해 소극적으로 변했고 마음은 당혹감에 어쩔 줄 몰라 불안하기 짝이 없었다. 머릿속이 복잡했다. 부모님도 오셨고 서울본원의 선무도 회원들, 그리고 처음으로 온 내 친구들 얼굴이 떠올랐다. 잘 해야 된다는 생각과 몸은 몸대로 움직이며 조화를 이루지 못하고 흔들리는 내 모습이 불협화음을 내고 있었다.

첫 번째 공연을 마치고 창피하고 부끄러운 마음에 화가 났다. '무엇이 문제였을까.' 누군가에게 난 화가 아니었다. 나 자신에게 화가 치밀었다. 원인은 누가 뭐라 해도 자만이었다. 자만이 불러온 준비 부족. 자만은 실제로 몸으로 느껴보아야 감을 잡을 수 있는 리허설을 내 생각을 믿고 무시하는 과오를 나았다. 누군가의 앞에서 공

연을 한다는 것은 보여주기 위함도 큰 부분이지만 그 중심에 내가 비어있을 때 이렇게 흔들릴 수 있다는 것을 배웠다. 공연도 수련장을 무대로 옮긴 것 뿐 내내 수련인데, 그동안 경험했던 것을 믿고 잘한다고 박수 받았던 그 시간들을 감사하게 생각하기 보다는 겉멋에 빠져들은 결과는 참혹했다.

언젠가 아버지께서 겉멋 들지 말고 내면을 다지는 수련, 수련자가 되라는 말씀이 떠올랐다. 이런 알아차림은 늘 한 발이 늦다. 아직 수련이 부족하다는 것을 절실히 깨닫게 해준다. 준비 없이 잘 될 것이라는 생각을 믿었을 때, 자만심이 생기기도 하고 실전에 들어갔을 때 준비가 없으니 대처할 능력도 기지도 없다. 만약 리허설 시간이 부족해도 무대바닥에 발을 한 번이라도 딛고 조금이라도 움직여 보았다면 분명 달랐을 것이다. 내가 움직일 수 있는 공간과 하나 되는 일, 그 공간과 대화하고 느껴보는 일, 리허설의 중요성을 절실하게 깨달았다.

첫 번째의 경험을 바탕으로 두 번째 공연은 신발을 벗고 몸을 더 열심히 풀어 준비를 했다. 그럭저럭 간신히 공연을 마쳤지만 내 마음은 여전히 무거웠다. 나는 돌아오는 차 안에서 깊은 생각에 잠겼다.

그 날의 부끄러운 경험으로 공연에 대한 준비 방법이 완전히 달라졌고 평소의 기본기가 중요함을 깨닫고 매일매일 수련을 게을리하지 않게 된 중요한 터닝 포인트가 되었다. 지금도 공연 전에는 반드시 리허설을 하고 시간이 부족하다면 잠깐이라도 꼭 발바닥에 무대의 느낌을 입력시켜 본다.

뉴욕, 맨해튼에 가다

강남댄스페스티벌의 충격이 큰 전환점이 되어 그 다음 일정이었던 해외공연인 뉴욕에서의 공연을 땀 흘려 정성껏 준비하게 되었다.

APPAN(Asia Pacific Performing Arts Network) 국제 학술대회 및 무용페스티발 행사인데 선무(禪舞, Zen dance)를 창시한 이선옥 교수님이 전체적으로 진행을 하셨다. 선무와 선무도의 만남 '색즉시공'은 오래 전부터 함께 공연을 해왔는데, 수련할 때 동경하던 선배분들의 모습을 무대로만 보다가 그 무대에 서게 되는 기회가 마침내 나에게도 온 것이었다. 이 공연은 선무도 시범이 아닌 정식 무대 공연예술에 대해 많이 배우게 되었다.

미국의 뉴욕이라는 도시, 맨해튼은 날고 기는 예술가들이 모여드는 곳 중에 하나라고 들었다. 그런 곳에서 선무도를 공연화하여 무예로 선보일 수 있는 기회가 큰 설렘을 주었다. 지금도 무대 커튼 뒤에서 나갈 차례를 기다리던 그 느낌을 잊을 수가 없다.

이때 영상을 다시 보면 세밀한 동작들은 수련이 덜 되었지만 덜 다듬어진 거친 바위 같은 느낌이 수행하는 금강승이라는 콘셉트에 어느 정도는 맞아 보인다.

강남댄스페스티벌 이후로 준비의 중요성을 깨달아 하루 지도가 끝나면 남아서 공연 연습을 꾸준히 해왔다. 음악에 맞춰 집중하고 동작이 잘 되지 않을 때는 공연 음악을 틀어놓고 귀로 듣고 온 몸으로 들었다. 음악이 몸에 녹아있고 내 몸에서 흐를 정도가 되면 준비되었던 음악과 몸이 함께 움직인다. 이렇게 내가 스스로 몰입되어 있어야

보는 사람들도 그 기운을 함께 나눌 수가 있다.

뒤에서 기다리다가 이제 내 차례가 되어 달려 나간다. 엄지발가락부터 새끼발가락까지 꾹 눌러 밟으며 공중으로 점프하며 동작을 이어갔다. 긴장도 많이 되었지만 연습했던 힘이 그 긴장감을 함께 다뤄준다. 호흡이 금세 안정되고 동작하고 있는 내 모습을 바라보게 된다. 손끝, 발끝을 살리고 한 번은 날카롭게, 때로는 부드럽고 굵게 그려본다. 허공이라는 큰 도화지에 나의 몸, 손끝, 발끝이 붓이 되어 강약을 조절하며 동작을 그려나간다.

손으로 날카롭게 긴 선을 그리고 다리로는 굵은 기둥 같은 또는 뿌리 같은 느낌으로 중심선을 그린다. 몸을 날렵하게 날려서 묵직한 점을 찍어본다. 음악이 흐르고 호흡, 동작이 하나로 몰입되어 흐른다.

마무리 동작을 하며 고요히 내 호흡을 바라본다. 움직임으로 거칠어진 호흡을 하고 있는 가슴이 살아 움직이고 있다는 것을 정확하게 알려준다.

떨림 。

온 힘을 다해서

무예를 연마하고 땀이

내 두 볼을 타고 흘러내린다.

고요히 앉아

호흡에

집중한다.

안정되어 가는 호흡과 몸의 파장이

때로는 작게

때로는 크게

다가온다.

크게 울리는 떨림이

온몸에 퍼지고

내 숨소리가 살아있음을

알려준다.

위기가 찾아와도

몇 주 전 서울본원의 보림 법사님께서 공연을 함께 할 수 있는지 제안을 해주셨고 고민을 하다가 하겠다고 말씀을 드렸다. 충주 '깊은산 속옹달샘' 명상센터에 자리를 잡으면서 최근에는 공연의 횟수를 많이 줄였기 때문에 고민이 좀 되었지만 7월에 있는 유럽 선무도 세미나를 대비해서 공연 감각을 끌어올릴 겸 리허설을 한다는 느낌으로 공연을 하기로 마음먹었다.

잠깐씩 서울 수련장에 들린 적은 있지만 창덕궁 앞에서부터 인사동을 거쳐 광화문까지 걸어가며 종로의 모습을 다시 둘러보는 일이 정말 오랜만이었다. 오랫동안 그 자리를 그대로 지키고 있는 모습과 수시로 변하는 곳들, 많은 사람들, 종로에서 한창 지도하던 시절에 많이 걸었던 이 길을 그냥 보는 것만으로도 즐거웠다.

이번 공연장은 광화문 광장으로 둥근 달 모형의 예술작품이 있는 거리였다. 조금씩 밤이 되어가자 달빛은 은은하고 밝게 퍼져나갔다. 그 달빛을 따라 선무도 공연 순서를 기다리며 몸을 풀었다. 늘 그렇지만 행사는 정해놓은 시간보다 늦춰지기 마련이다. 특히나 야외에서 하는 경우 항상 변수가 있기에 어느 정도 감안을 하고 있었다. 바닥은 특별히 무언가가 깔려있지 않았고 대리석 바닥 그대로다. 맨발로 하기로 마음을 먹고 신발을 벗은 후 발바닥과 바닥의 느낌을 공유한다. 무대바닥의 느낌을 몸에 전달, 입력시키는 것은 공연 전 그 어떤 시간보다 중요하다. 발바닥으로 전송받은 느낌, 기억이 세포 하나하나, 온몸과 마음에 무대에서 뛰어 놀 수 있도록 가장 적합

한 준비를 하게 해준다.

선무도는 총 4개의 파트로 구성을 했고 나는 두 번째와 네 번째 파트에 출연하기로 했다. 두 번째 파트의 기분 좋은 느낌을 가지고 네 번째 파트에 들어갔다. 위기는 여기서 찾아왔다. 선무도 무술의 3승형을 시연하는데 첫 동작을 하고 나서 다음 동작부터 다리와 엉덩이 골반에 이어지는 근육이 뭉치기 시작했다. 조금만 잘못 조절해도 쥐가 나서 공연하기 쉽지 않을 것이라는 느낌을 받았는데 오른쪽에 이어 왼쪽도 뭉치기 시작했다.

처음에는 정말 많은 생각이 들었다. 과연 내가 공연을 제대로 할 수 있을까를 생각했지만 어느새 그런 걱정보다는 문제가 생긴 내 몸에 온전히 몰입해서 아주 세밀하게 조절하며 동작을 이어나가고 있었다. 그리고 마지막 동작은 가부좌로 앉은 상태에서 점프하여 양발 옆차기 동작. 선무도의 가장 대표적인 동작인데 정상적이지 않은 몸 상태여서 긴장은 되었지만 그동안 쉼 없이 수련했던 몸을 믿었던 듯하다. 천천히 엉덩이를 들면서 엄지부터 새끼발가락 끝까지 튕기며 점프. 골반 쪽에 무언가 정체되어 있던 것들이 양발을 차면서 쭉 뚫어지는 느낌이 들었고 공연을 마치고 인사를 하는데 경련이 일어났던 부분은 아무렇지 않았다.

지금까지 공연을 하면서 느껴보지 못했던 위기 중에 가장 긴장이 되었던 것 같다. 오랜만에 공연으로 긴장이 되었는지, 행사가 늦어지면서 기다리는 시간이 많아서 그랬던 것인지 정확히 알 수 없었지만 위기는 곧 기회이고 일념이 곧 지혜임을 알 수 있었다.

예전과 다르다면 실수를 하거나 뜻대로 되지 않을 때 나를 보고 있는, 관객들이 어떻게 생각할지 등 외부의 대상에 흔들렸다면 이번 경험은 그 흔들림을 지금까지 수련해왔던 힘이 감싸 안고 마음이 내 몸에 하나가 되어 집중되었다는 점이다.

우리는 살아가다보면 크고 작은 위기, 변수와 마주하게 된다. 그 때 외부의 대상에 흔들려 정작 살펴보고 끌어안아야 하는 '불안'을 없애기 위해 부정하지만, 위기가 왔을 때 그것을 내 몸, 마음에 완벽하게 안아주고 받아들이면 일념이 된다. 그렇게 되면 지금이 선명해지고 다가온 위기, 변수를 잘 맞이할 수 있다. 그렇기 위해서는 항상 내 몸과 마음에 중심추를 두는 수련이 기본이 되어야한다는 것을 다시 내 마음 깊게 새긴다.

태국, 무에타이를 연마하는 절

선무도를 수련해오면서 해외에 다닐 기회가 많았는데 그 중 기억에 남는 것은 태국에 다녀온 일이다. 태국을 대표하는 무술하면 '무에타이'라 할 수 있는데 한국의 골굴사와 중국의 소림사처럼 태국에도 무예, 무에타이를 수련하는 절이 있었다. 절 이름은 '왓탐파아차통'이고 치앙마이에 있는 사찰이다. 선무도의 총본산 골굴사와 태국의 무에타이의 절, 왓탐파아차통이 자매결연을 하기로 하여 문주스님을 따라 태국행 비행기에 올랐다.

설레는 마음으로 비행기에서 내렸고 태국의 뜨겁지만 습하지 않은 기온이 우리를 맞이해 주었다. 태국의 여러 사찰들을 탐방하고 왓탐파아차통으로 향했다. 도착했을 때는 무에타이를 전수하시는, 그 곳의 주지스님과 제자들은 말을 타고 밖에 출타 중이어서 우리는 기다리는 동안 절의 여러 장소를 둘러보았다. 무에타이를 수련하는 절이라 역시 무에타이를 연마하는 링도 보였다. 예전 중국 소림사를 방문했을 때에 오래된 수련장 바닥이 수련의 흔적으로 움푹 패인 곳들이 많았는데 이곳의 낡은 수련장에서도 수련의 땀, 기운이 고스란히 전해져왔다. 영화 '옹박'에서 나오는 무에타이 동작들이 머릿속을 스쳐지나가고 있을 때쯤 저 멀리 무언가 보이기 시작했다.

먼지를 일으키며 왓탐파아차통의 스님과 제자들이 말을 타고 달려오고 있었다. 우리와 더불어 기다리고 있던 태국의 신도들이 줄을 서서 맞이하기 시작했다. 각자 준비한 것을 보시하고 스님께서는 준비한 염주를 하나씩 받았다. 우리 일행도 기다렸다가 스님께 염주를 하나씩 받았는데 앞에 다른 법사님들이 다녀오고 내가 마지막이었는데 그 스님께서 무슨 말씀을 하시더니 손바닥으로 내 머리를 가볍게 쓰다듬듯 치셨다. 먼저 기다리고 계시던 법사님들께서도 내 머리에만 손을 얹으셨다며 이야기를 해주셨는데 어떤 의미인지는 모르겠지만 '수련에 정진하라'는 뜻으로 지금도 그 때 일을 마음에 품고 있다.

자매결연 행사가 본격적으로 시작되었고 선무도와 무에타이를 시연하면서 공유하는 시간을 가졌다. 나는 마지막 부분에 3승형을 시연하였는데 이곳의 환경은 공연을 주로 하는 곳이 아니기에 흙이 풀풀 날리는 맨바닥이었다. 동작을 잘 할 수 있게 갖추어진 장소가

아니기에 조금 더 집중력이 필요로 했고 흙먼지가 날리는 그 사이로 점프를 하고 중심을 잡아가며 무사히 시연을 마쳤다.

선무도 시연이 끝나고 무에타이 시연이 이어졌는데 처음에는 우리를 의식한 듯한 모습이 보였다. 수련자들이 나와 징 비슷한 것을 울리고 영화에서 나오는 것처럼 주먹을 끈으로 감고 무릎을 꿇어 인사하는 아주 어린 수련생도 있었는데, 날카로운 눈빛으로 주먹을 쥐고 다리를 들어 올리는 모습이 인상적이었다. 그리고 맨 마지막에는 그 곳의 주지스님이 직접 무에타이 시연을 하셨는데 무에타이 하면 '강한 면'만을 생각했었는데 직접 접하니 무에타이는 강함과 부드러움이 잘 조화되어 있는 느낌이었다. 답례로 우리 문주스님도 영동좌관 수련법을 시연하시며 자매결연 행사를 마무리하였다.

태국의 전통이 깃들여진 무예 무에타이, 한국의 전통무예 선무도의 만남은 서로의 동작, 기운을 나눠보며 마무리가 되었고 왓탐파아차통이라는 절의 스님과 제자들이 말을 타고 오는 모습, 날카로운 눈빛의 무에타이 시연이 여운을 남겼다.

지금도 왓탐파아차통의 주지스님이 내 머리에 손을 얹어주시며 해주신 말이 어떤 뜻인지 정확히는 모르겠지만 나 스스로 느낀 수련에 정진하라는 그 마음을 되새기며 수련에 임하고 있다.

골굴사 마애부처님을 바라보며

골굴사의 공연장은 마애불의 중턱쯤 큰 법당 앞에 조성되어 있는데 석굴사원의 신비로운 모습과 참 잘 어울린다. 골굴사 마애부처님은 통일신라시대에 조성된 것인데 온화한 미소가 마음을 따뜻하고 편안하게 해준다. 그리고 높은 곳에 위치하고 계셔서인지 산 아래 사는 절 식구들은 마애부처님의 따스한 기운이 감싸주는 느낌을 받는다.

공연을 하루에 두 번씩 월요일을 제외하고 매일 하다 보니 그 장소가 너무나 익숙한 곳이 되었다. 하지만 간혹 너무 가깝고 익숙해져 버리면 소중함을 잊게 된다. 절 어느 곳에서나 잠깐 고개를 들면 마애부처님의 온화한 미소를 품에 안고 수련, 공연을 할 수 있는데 매일 반복되다 보니 감사함을 잊을 때가 많았다.

날씨가 아주 화창한 어느 날 공연의 마지막 파트에 나가기 위해 자세를 잡고 대기하고 있었다. 마지막 파트는 긴장감 있고 동적인 부분인데 자세를 잡고 있다가 긴장을 풀기 위해 고개를 잠시 들었다. 푸르른 하늘과 닿아있는 마애부처님의 미소가 편안하게 다가왔다. 그리고 그 주변의 오래된 큰 나무들, 하얀 구름과 공연장의 그 공간이 몸에 젖어 들었다. 박진감 있는 음악이 나오고 마지막 파트 공연자 5명이 힘차게 뛰어나갔다. 한 동작 한 동작을 정성스럽게 하였고 중간에 하이라이트인 한 발로 중심을 잡으며 전전히 도는 성중동의 핵심 부분에 이르렀다. 마음을 몸에 온전히 두고 한 발을 들어 올리며 바닥에 닿아 있는 발가락의 움직임에 집중했다. 미세하게 엄지발가락과 새끼발가락에 중심을 옮겨가며 고요히 움직였다. 그 순간 하나 된 몸과 마음, 관객의 눈빛과 숨죽여 몰입된 호흡이 마치 나와 하나인 듯 고요하게 흘렀다. 그리고 한 발로 딛고 있는 공연장이 온 몸에 느껴졌고 공연자, 관객, 공연장이 하나로 몰입이 되었다. 아직도

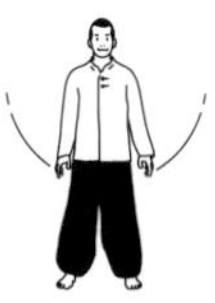

그 기억이 생생한데 마치 드론으로 하늘에서 그 모습을 찍은 것처럼 하나로 연결된 조화로움이 마음에 새겨지는 특별한 공연이었다.

공연하는 시간에 동작을 멋지게 보여주는 것에만 연연했다면 이런 경험을 못했을 것이다. 공연도 수련의 한 가지 다른 방법이기에 공연하는 사람이 몰입되어 있지 않고 호흡이 내 안으로 깊지 않았다면 관객이 공연 안으로 들어와서 공감하여 같이 호흡하기 쉽지 않았을 것이다. 서울에서 사범을 하던 시절 조계사 큰 법당 앞에서 했던 공연을 보고 수련장에 찾아오신 분이 계셨다. 그 분이 공연을 보는 내내 선무도 시연하시는 분들이 집중하여 공연하니 자신도 모르게 하나로 집중되어 마음이 고요해졌다며 선무도를 해보고 싶다고 말씀하셨다. 이렇게 공연이 끝나고 나면 일부러 찾아와 소감을 말씀해주시는 분들도 계신다. 그럴 때마다 선무도 공연은 일반 예술 공연과 다름을 느낀다. 마애부처님의 온화한 미소를 보면 그 기운이 전해지는 것처럼 선무도 공연을 통해 사람들의 마음을 맑게 해준다는 사명감이 새삼 새겨진다.

영동입관 호랑이 자세

내 몸에 기운을 가득하게

선무도의 선기공 동작으로 보기에는 정적이고 쉬워 보이지만 실제 수련을 해보면 동적인 수련법이라는 것을 알 수 있다. 유연성이 기본적으로 필요하고 호흡은 의식적으로 지식을 하는데 이 호흡법은 상당히 동적이다. 이 수련을 하고 나면 몸에 기운이 가득 차는 것을 느낄 수 있다. 나의 경우는 공연을 하기 전 기운을 끌어 모으듯, 온몸에 기운을 돌려 채우는 느낌으로 영동입관 호랑이 자세를 수련하고 임하는 경우가 많다. ➡

영동입관 호랑이 자세

① 

선무도 준비자세. 허심합장을 하고 두발은 어깨넓이로 벌린다.

② 

'옴' 소리와 함께 ②~⑥번을 이어서 두 팔을 크게 한 바퀴 돌린다.

③ 

머리 위로 올렸던 양팔이 천천히 갈라진다.

④

어깨에 힘을 빼고 손끝으로 큰 원을 그리듯 돌린다.

⑤

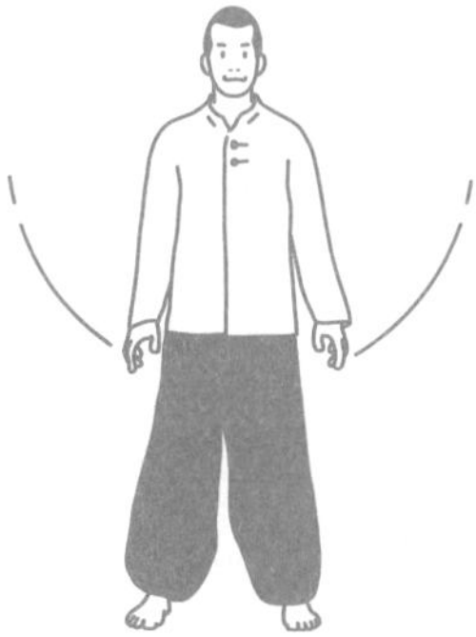

어깨 힘을 빼고 양손이 아래서 만나 허심합장을 한다.

⑥

선무도 준비자세, 허심합장으로 돌아온다.

영동입관 호랑이 자세

⑦

손끝을 붙인다.

⑧

손끝부터 '짝' 하고 손뼉을 친다.

⑨

다리를 어깨넓이보다 조금 더 넓게 벌린다.

⑩

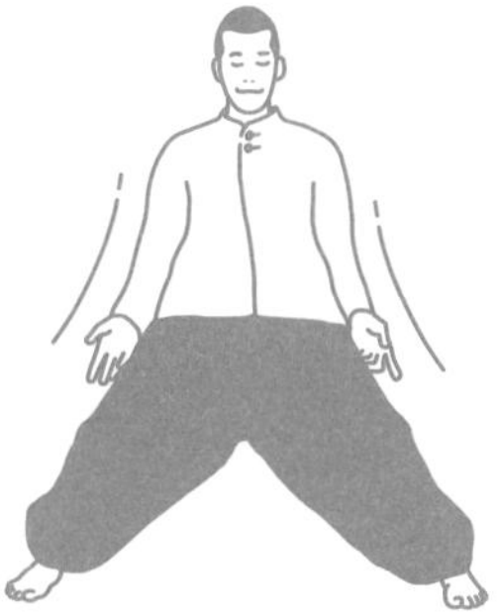

합장이 아래로 갈라지며 팔을 크게 돌린다.

⑪

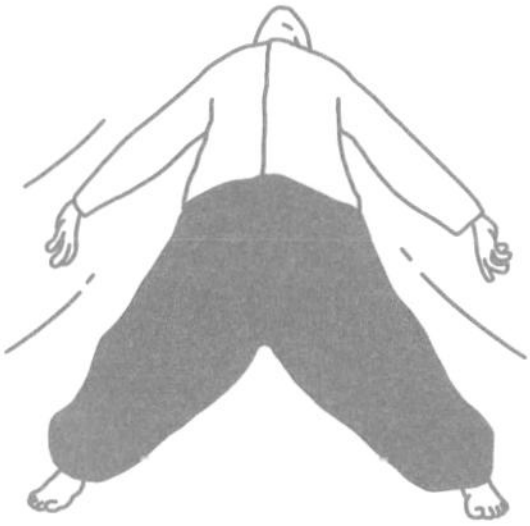

허리를 뒤로 젖히고 양팔은 아래서 위로 크게 돌린다.

⑫

상체를 일으키고 양팔도 함께 올린다.

영동입관 호랑이 자세

⑬

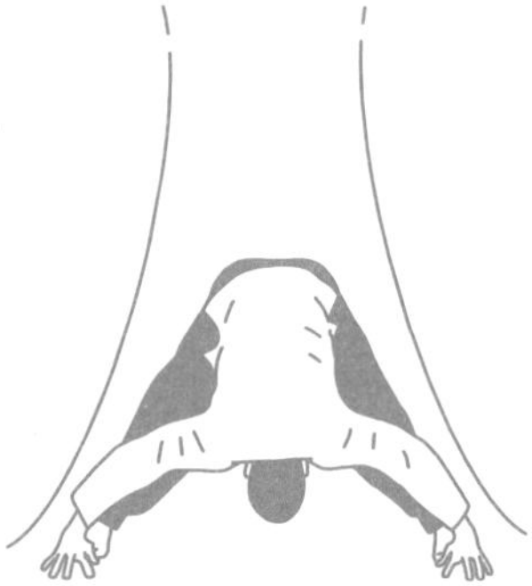

상체를 아래로 떨구고 손가락은 손끝이 닿도록 내려둔다. 고개에 힘을 완전히 빼서 내려둔다.

⑭

숨을 들이쉬고 지식(止息), 숨을 멈추면서 고개를 들고 엄지발가락으로 서고 뒤꿈치는 안으로 모은다. 이 때 등허리는 고양이가 기지개를 켜는 것처럼 위로 말아올린다.

⑮

숨을 내쉬면서 원위치로 돌아온다. 자신의 몸 상태를 보면서 무리되지 않는 한도에서 13-15번 동작을 세 번이상 반복하면 좋다.

⑯

천천히 상체를 일으키고 두 손, 두 다리를 모은다.

⑰

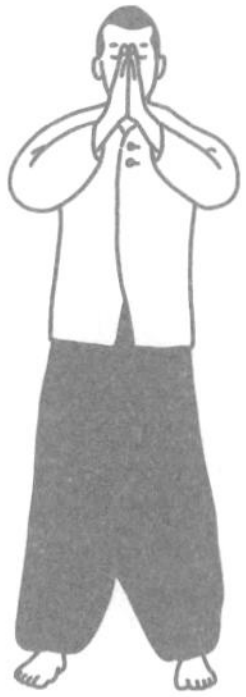

선무도의 준비자세, 허심합장으로 돌아온다.

문주스님께서 집필하신 〈선무도 교본〉에 따르면 영동입관은 오체유법으로 몸을 충분히 풀고 몸을 느슨하게 한 후 하도록 되어 있다. 그리고 오전에 수련을 하면 생기가 충만해져 좋다고 쓰여 있다.

◇

수련자

수련자

수련의 시작

1999년 4월은 나에게 아주 특별한 달이다. 그때는 몰랐지만 한 세기를 넘어가는 마지막 해 1999년, 그해 4월의 어느 날이 현재 내 모습과 삶의 방향을 결정하게 되었기 때문이다. 1999년 당시에는 많이 알려져 있지 않았지만 오래 전부터 선무도 수련을 해오신 아버지 덕분에 아주 어렸을 때 골굴사에 따라갔던 기억도 어렴풋이 있고 무예를 하는 아버지가 참 든든하고 멋있어 보였다.

고등학교 2학년 때 친구가 땀 흘려 운동을 하고 싶다고 나에게 전했다. 나는 무심코 "그럼 헬스장에 가서 운동해."라고 했는데 친구는 자기가 TV에서 엄청난 무술을 보았다며 이야기를 이어갔다. 앉아서 두 명을 해치울 수 있는 무예인데 그 무예의 이름이 바로 선무도라고 얘기했다(이때 나는 선무도 동작을 많이 봤기 때문에 이 친구가 이야기 했던 동작이 가부좌 양발점프 옆차기라는 것을 알고 있었다).

"그래? 나 선무도 어디서 배우는지 알아. 우리 아버지한테 이야기해볼게."

그리고 우리 둘은 종로3가, 창덕궁 앞에 있는 선무도 수련장에 찾아갔고 그 첫 발걸음이 시작되면서 나는 선무도 수련자의 길로 들어섰다. 그렇게 수련이 시작되었고 우연인지 필연인지 곧 아버지께서 선무도 서울본원을 맡아서 운영하게 되었고 아버지와 아들은 같은 길을 걷게 되었다.

평범하게 살아오던 나의 생활은 선무도를 시작하고 난 후, 더 이상 평범한 삶이 아니었다. 또래 친구들과는 전혀 다른 길을 걷게 되는 특별한 삶의 길로 들어서게 된 것이다. 봄기운을 가득 머금은 내 인생의 소중한 새싹이 자라났던 1999년 4월이었다.

수련자의 삶

지혜, 자비의 상징인 연꽃을 보면 왠지 모르게 마음이 편안해진다. 연꽃과 선무도의 수련에는 깊은 연관이 있는데 선무도의 여러 가지 동작들 중에서 연꽃을 표현하는 것이 많다. 예를 들면 합장의 종류가 미개연합장, 활연합장, 노련합장 등 활달한 움직임 속에서 그 중심에는 움직임 없는 고요가 항상 있고 그것은 마치 오탁에서 연꽃이 피어오르는 것을 상징하는 것처럼 보인다.

영정입관이라는 수련법은 고요한 호흡 속에서 물 흐르듯, 걸림 없이 동작이 이어지고 마지막에는 미개연합장부터 노련합장까지 하게 되고 이 동작은 꽃잎이 떨어지고 다시 허심합장으로 돌아오는

것으로 마무리된다. 이 부분은 우리 삶의 모습과 닮았다. 모든 것이 고정되어 있는 것이 없고 태어나고 꽃이 피고 꽃잎이 떨어지면 다시 흙으로 돌아와 씨를 내리고 다시 피어나는 자연의 이치, 부처님이 말씀하신 제행무상을 전하는 표현이다.

부처님 말씀은 말 이전에 마음으로 먼저 전해진다는 것을 많이 느끼게 되는데 이 때문인지 영정입관을 하면서 눈물을 흘리는 분들이 있다. 수련 중에 흘리는 눈물은 슬픔, 기쁨, 허무 같은 감정에 치우친다기보다 살아오면서 마음속 깊이 쌓여있었던 무언가가 씻겨 내려가는 느낌이 든다고 한다.

선무도 수련을 하고 난 후부터 나는 연꽃를 보면 수련자의 삶이 보인다. 우리는 살아가면서 크고 작은 문제들을 만나면 대게 외부의 탓으로 돌린다. 오래된 습관이다. 나의 환경이 조금 더 나았더라면, 저 사람만 아니었다면 등 수많은 일들 앞에서 내 앞의 지금을 부정하는 경우가 많다.

그러나 연꽃은 그렇지 않다. 연꽃이 자라나는 환경은 겉으로 보았을 때 깨끗하지 않다. 진흙 속에서 자라나지만 더없이 아름다운 꽃을 피운다. 주어진 환경을 탓하기보다는 그 곳에서 자신의 할 일에 최선을 다할 뿐이다. 열심히 뿌리를 내리고 잎을 키우고 때가 되면 꽃을 피운다. 지금이 살아있는 삶, 수련자는 이런 연꽃의 삶을 닮아가야 하지 않을까.

선무도의 여러 무예 동작들 역시 깊은 호흡과 몸의 움직임이 하나로 조화를 이루며 문주스님께서 말씀하신 움직이는 만다라라는 것을 다시 새겨본다. 연꽃처럼 지금을 잘 맞이하며 뿌리를 내리고 늘 지혜로운 삶을 살아가고 싶다.

눈길 위의 수련자

조선시대 서산대사는 위기에 빠진 나라를 지키기 위해 승려 신분으로 승군을 이끈 스님이다. 승군은 선무도와 같은 무예 군사 훈련을 받고 전장에 나갔다. 선무도 수련을 하고 나서 알게 된 서산대사는 불교의 큰 스승임은 물론 선무도의 본래 명칭인 '불교금강영관(佛教金剛靈觀)'에서도 알 수 있듯이 서산대사께서는 금강승을 이끈 대선사이시다. 서산대사의 글 중에서 늘 마음속에 품고 있는 것이 있다.

> 踏雪野中去(답설야중거) 눈 내린 들판을 걸어갈 때는
> 不須胡亂行(불수호난행) 그 발걸음을 어지럽게 걷지 마라.
> 今日我行跡(금일아행적) 오늘 걷는 나의 발자국은
> 遂作後人程(수작후인정) 반드시 뒷사람의 이정표가 될 것이다.

이 시는 가슴을 뛰게 하고 지금 이 순간의 한 걸음에 최선을 다하게 한다. 수련자라면, 앞에 서는 지도자가 되려면 이런 마음으로 늘 뒤를 돌아보고 오늘에 충실하며 고개를 들어 멀리 바라보며 걸어가야 한다고, 늘 나를 일깨우는 시가 되었다.

선무도 수련을 하다 보면 아무래도 사회적으로 소위 잘 나가는 연봉 높은 직업이 아니기 때문에 어려움도 적지 않다. 젊은 시절 수

련이 좋아 수련에 몸을 담았다가도 현실적인 문제에 부딪혀 수련의 삶을 포기하고 새로운 직업을 구하며 떠나간 분들이 많다. 그래서 행복하다면 더 좋은 것이지만 현실적인 문제로 인해 어쩔 수 없이 떠나야 하는 것은 마음 아픈 일이 아닐 수 없다.

그래서 내가 선무도를 선택하면서부터 그리고 앞에 서는 지도자가 되면서 더 확고해진 것은 내가 수련해온 이 길의 방향을 잘 잡아서 뒤에 오는 사람들의 길잡이가 되어야겠다는 마음을 다졌다. 선무도의 길이 오래도록 이어질 수 있는 방향과 나를 만들어 놓으면 그 믿음으로 함께할 수 있는 사람이 많아지리라 생각하며 노력한다.

그 중 가장 기본이 되는 것은 역시 '수련'이다. 수련에 대한 자신의 믿음이 중심을 잡고 있다면 항상 변화되는 삶 속에서 다독여 가며 나를 이끌어 갈 수 있다. 최선을 다해 수련을 하고 눈길 위에 흘린 땀방울이 좋은 방향을 이끌어주리라 생각하며 늘 점검하고 지금 이 순간을 잘 걸어가 보려 한다. 오늘 내가 걷는 이 발자국은 나 혼자 걷는 길이 아니라 많은 이들이 함께 걷는 길이기에 감사한 마음을 깊게 품고 수련한다.

수련자의 울타리

어렸을 적에 내가 기억하는 아버지의 모습은 바른 사람이었다. 오늘이 있기까지 많은 일들을 겪었지만 좋을 때나 그렇지 않을 때나 중심을 잃지 않는 모습을 보아왔다. 특히 힘든 상황을 맞이할 때도 가족들에게 내색하지 않으며 긍정적인 마음으로 항상 최선을 다하셨다.

지금 생각해보면 그 바탕이 '수련'이었다는 생각이 든다. 나중에서야 들은 이야기지만 편집디자인 사업을 하셨던 아버지는 잘 나가던 회사가 어려움에 처해지고 건강이 많이 안 좋아지셨다고 한다. 걸음을 걸을 때 어지러워 보도블록이 파도치는 듯이 꿀렁꿀렁 보일 정도가 되자 스트레스로 인한 건강이 좋지 않다는 것을 깨닫고 결심을 하셨다.

'가장인 내가 흔들리면 안 된다. 가족들을 생각해 내가 더 건강해야겠다.'라고 마음을 먹고 만났던 것이 바로 선무도였다는 이야기를 들려주셨다. 30대 이후 선무도를 만나서 꾸준히 수련을 하셨고 아버지도 상당한 점프력을 지니셨다는 이야기를 들은 적이 있다. 꾸준한 수련 덕분에 건강이 좋아졌고 내가 선무도를 시작하고 나서 얼마 후 지금의 서울본원(종로)을 맡아 운영하시게 되었다. 그 당시에는 선무도 서울본원이 운영에 어려움이 있었다. 하지만 아버지가 맡아 하신 후부터 시기도 잘 맞아들어 요가 붐이 일어나고 웰빙이 대세가 되면서 서울본원도 자리를 잡고 10여 명 남짓했던 회원이 100명이 넘게 되었다.

'선무도'는 '금강영관'이라는 명칭으로 스님들에게만 비밀리에 전해 오던 것을 문주스님께서 일반인도 수련할 수 있도록 단계별로 정리해서 내놓으신 귀한 인연으로 시작되었고, 아버지의 오랜 수련 덕분에 나도 그 길을 걷게 되었다. 내가 복이 있는 것인지 선무도와 아버지의 수련 울타리 안에서 성장할 수 있었다. 아버지와 아들이 선무도라는 수련의 길을 함께 걸으며 많은 것들을 서로 맞춰

가며 수련장에서는 스승과 제자로, 집에서는 아버지와 아들로 살아 갈 수 있었다.

수련장에서는 철저히 서울본원의 원장과 사범을 지켜나갔지만 그래도 아버지가 바라보는 아들의 모습은 어떠했을지 돌이켜보면 매우 궁금하다. 한 번은 '선무와 선무도의 만남'이라는 나의 첫 공연을 성공적으로 마치고 나와서 사람들과 인사를 나눌 때 원장이었던 아버지께서 이런 말씀을 하셨다.

"공연은 얘가 하는데 왜 내 어깨가 이렇게 긴장이 되니?"라며 웃으시며 이야기를 하셨는데 이 말씀이 같은 길을 걷는 아들을 바라보는 아버지의 마음이 아니었을까 싶다.

나는 지금도 수련을 게을리 하지 않고 정진하시는 최고의 스승인 아버지의 발걸음을 따라서 걷는다. 나 역시 시간이 더 흐르고 수련이 깊어지면 내 뒤를 따라 걷는 수련자의 든든한 울타리가 되어 보려 한다.

바닷가 수련

바닷가 수련을 하고 고요히 앉아 앞에 보이는 바다를 바라본다. 내가 가지고 있는 장점, 부족한 점들은 무엇인가, 어떤 사람이 되어야 하는지, 왜 수련을 해나가는지를 바다를 바라보며 생각한다.

선무도 수련을 하면 '심신일여', '조화'를 생각할 수 있는데 조화로움이란 무엇일까. 수련을 통해서 내 몸과 마음이 조화로워지면 그 다음은 무엇일까. 내 몸과 마음이 조화로워지면 자연스럽게 주변이 들어오고 나의 조화로움이 함께 하는 방법을 알려줄 것이라는 생각이 든다. 머리로 이해하는 것이 아니라 아주 자연스럽게 몸과 마음으로 젖어든다.

바다는 모든 강물이 하나의 물로 섞인다. 파도는 출렁이지만 깊이 들어가면 움직임이 없는 고요가 공존한다. 파도치는 물과 고요한 물로 모양은 다른지만 물이라는 속성은 같다. 수련의 길도 바다처럼 잔잔하면서 깊이 있는 수련자가 되고 싶다.

잔잔하게 흐트러짐 없이 흘러가면서 누구와도 편안하게 가되 한쪽으로 치우쳐 기울어지는 것이 아니라 그 깊이가 좋은 방향으로 이끌어 줄 수 있는 강력한 힘을 가진 그런 사람이 되고자 한다. 잔잔하게 포용하기도 하지만 그것들을 이끌어갈 수 있는 힘, 그 바탕은 내 몸과 마음을 조화롭게 닦아가는 수련이다.

늘 놓치지 않고 마음이 살아나 깨어있을 수 있게 지금 숨 쉬는 이 한 호흡에도 집중을 한다. 이 깊고 자연스런 호흡이 반복될수록 깊이가 더해져 함께 하는 사람들도 평화로움을 얻어지길 바란다. 고요히 자연스러운 깊은 호흡을 바라보며 저 앞에 펼쳐져 있는 바다처럼 잔잔하면서도 깊은 조화로움을 배워간다.

봄

오전 모임을 마치고 선무도대학으로 걸어온다. 걸어오는 길이 싱그럽다. 긴 겨울을 지내고 앙상했던 산사의 숲들이 연한 연두색 잎을 내보내고 있다. 완연한 여름 전 첫 옷을 갈아입는 산사의 아침이 고

맙게 느껴진다. 겨울 골바람을 맞아가며 언제 봄이 오려나 기다리다 잠시 잊고 사는 사이 어느새 봄이 오고 풀이 나고 꽃이 피어나고 있다. 우리가 들이쉬고 내쉬는 숨처럼 계절이 자연스럽게 다가왔다. 수련도 이와 같을 것이다. 매일의 반복이지만 매일이 새롭다. 승형을 수련하면 처음 배울 때는 봄처럼 신선하다가 동작이 몸에 녹아들면 여름의 푸른 숲처럼 점점 진해지고, 가을의 단풍처럼 화려해지다가 긴 겨울 쌓이고 쌓여 다시 봄이 되면 승형은 비로소 새롭게 꽃이 핀다. 수련과정도 그렇지 않을까. 천천히 걸으며 나를 돌아본다.

오늘은 템플스테이 참가자들과 오전 산행을 하며 진달래를 따오기로 했다. 봄을 만끽하며 연한 분홍의 진달래꽃을 따오면 공양간에서 화전을 선물처럼 만들어 주신다. 봄에만 누릴 수 있는 특별한 시간이다. 겨울 내내 실내에서만 수련을 했다가 오랜만의 야외수련이 참가자들과 나에게 미소를 짓게 해준다. 봄이 주는 선물이다. 천천히 산을 걸어 올라가자 어느새 나의 수련 도반인 반달이가 앞장선다. 반달이도 신이 났는지 꼬리를 흔들며 걷는 발걸음이 경쾌하다.

산에 들어오니 봄이 더욱더 반겨준다. 너도 나도 흩어져 진달래를 따면서 천천히 걷는다. 길로만 다니다가 꽃을 따라 길 아닌 숲속으로 들어가며 산행이 깊어진다. 마치 진달래꽃이 이 숲의 안내자가 된 듯하다.

적당한 곳에서 자리를 잡고 나무 사이사이 우리도 숲의 일원이 된 것처럼 선다. 허심합장을 하고 심인법으로 호흡을 가다듬는다. 나무 사이로 지나가는 바람을 맞으며 지대체 행을 시작한다. 천천히 고요하게 움직이는 것이 스쳐가는 바람 따라 춤추는 나무 같다. 호흡에 맞춰 손은 허공을, 발은 대지를 스쳐간다. 깊은 호흡으로 대지에 뿌리를 내리니 자연이 깊게 느껴지고 몸과 마음, 호흡이 숲과 하나로 이어진다. 고요함은 비워진 듯한데 오히려 많은 것을 채워준다. 온몸 가득 숲과 바람과 햇살을 채운다.

수련을 마치고 다시 천천히 걸으며 명상의 언덕에 다다른다. 법당 위에 있는 마애부처님의 미소가 나를 비춰준다. 사람들의 마음에도 봄햇살처럼 환하게 꽃피워주는 마애부처님의 미소를 닮길 바라며 오늘도 나는 수련한다.

여름

골굴사의 숲이 짙은 녹색으로 변해간다. 잎이 무성해진 나무들 사이로 매미소리가 산사를 가득 채운다. 뜨거운 햇살 아래 오전 수련으로 흠뻑 젖은 도복을 빨아 말린다. 햇빛에 바짝 마른 도복을 다시 챙겨 입고 수련장으로 오는 템플스테이 참가자를 맞이한다. 하나 둘씩 방석을 챙겨 앉는다. 방석 뒷부분을 접어 올려 좋은 자세를 찾아 허리를 바로 세운다. 좌선에 익숙하지 않은 외국인들은 무릎이 올라오고 허리는 구부정해도 표정과 느낌은 진지하다.

몸의 좌우 균형을 잡고 삼토식을 한다. 그리고 죽비를 들어 세 번 친다. 수련장에 죽비소리가 울려 퍼지고 고요히 좌선을 시작한다. 고요한 수련장은 매미소리가 가득히 찬다.

어깨, 가슴, 상체가 호흡에 따라 이완된다. 몸 깊은 곳에 있던 근

육도 호흡의 움직임으로 부드럽게 풀어진다. 아랫배의 움직임이 깊고 부드럽다. 점차 코끝을 넘어 어깨와 등허리, 골반으로 몸 전체가 숨을 쉬는 것을 바라본다. 들이쉬고 내쉬는 숨이 한여름의 숲처럼 깊고 짙어진다. 자연스럽고 무성해진다.

고요한 줄 알았던 순간 어느새 알아차리지 못한 채 한 생각이 꼬리에 꼬리를 물고 있음을 알게 된다. 다시 자세를 바로 잡고 호흡에 집중하고 있음을 바라본다. 시간이 흐르고 꾸벅꾸벅 졸음이 밀려온다. 내가 어떻게 손쓸 수 없을 정도로 졸음이 쏟아진다. 목을 가볍게 돌리고 가슴을 펴고 깊은 호흡을 한다. 다시 매미 소리가 들려온다. 들어오는 숨에 짙어지는 한여름이 다가오고 내쉬는 숨에 마음이 환해진다. 강렬한 햇살, 울려퍼지는 매미소리, 푸르름이 짙어지는 숲을 가진 한여름에 호흡을 바라본다.

가을

법당 기와와 그 주변으로 울긋불긋 물든 가을 단풍이 단청처럼 펼쳐진다. 하늘은 푸르고 높다. 골굴사 가장 높은 곳, 하늘에 걸려있는 듯 마애부처님의 미소가 더 환하다. 큰 법당 앞 야외무대에서 사람들의 움직임이 분주하다. 산사예술제가 있는 날이다. 여러 무예 단체들의 리허설이 이어지고 피아니스트 임동창 선생님의 연주도 들려온다.

선무도 공연 리허설을 하면서 다리와 팔을 펼쳐서 고요히 동작에 집중을 한다. 어디선가 가을을 담은 바람이 가을 보따리를 확 풀어 놓는다. 파란 하늘에 바람을 따라 낙엽이 마치 눈이 내리듯 휘날린다. 이 아름다운 풍경은 시간이 멈춘 듯 가슴 속에 새겨진다. 자연과의 조화로움이란 이런 것일까. 그 안에 담겨져 있는 가을을 맞이한 지금이 감사하다.

가을이 되면 잎이 마침내 자신만의 빛깔로 화려해지고 바람이 불면 낙엽이 흩날리는 자연스러움이 마음을 편안하게 해준다. 선무도 동작도 이 가을처럼 자신만의 빛깔을 내며 자연스러움을 표현할 수 있을까. 고요한 나무처럼 평화롭게 불어오는 바람같이 할 수 있을까. 곧 이어 가을 단풍을 배경으로 문주스님과 택견 총재이신 정경화 선생님의 합동공연이 이루어진다. 잔잔하게 가을을 닮은 임동창 선생님의 즉흥연주가 더해지자 하나의 예술작품이 완성된다. 고수는 가을 하늘처럼 군더더기 없는 자연스러움을 드러낸다. 그 자연스러움을 내 몸과 마음으로 그려나가 보고자 오늘도 수련에 임한다.

겨울 어느 날

한겨울 따뜻한 방에서 문을 열고 나와 보니 온 세상이 변했다. 온통 하얀 눈으로 뒤덮여 어제 보았던 세상과는 다른 옷을 입고 있었다. 새하얀 눈을 보니 마음이 포근해진다. 폭신폭신한 눈은 분명 차가운데 눈으로 보는 풍경은 따스함이 느껴진다.

경주는 남쪽이다 보니 눈이 많이 오지 않는데 올 겨울은 새하얀 겨울 모습을 보여준다. 문을 활짝 열고 방안으로 시원한 겨울바람을 들인다. 겨울이 가지고 있는 차가운 청량함이 방안 가득 채워진다. 방석을 하나 내려두고 자리에 앉아 잠시 좌선을 한다. 따뜻하게 머

물고 있던 방안의 공기는 차츰차츰 겨울 기운이 가득 채워진다. 코 끝으로 들어오는 시원한 공기가 온몸을 환기시키고 내 두 볼에 겨울이 닿아 있음을 느껴본다. 10분 정도가 지나고 자리에서 일어나 창문을 닫고 맑아진 방 공기를 느껴본다.

내가 깊은 호흡을 하며 선요가로 개운하고 상쾌해진 것처럼 내 방도 깊은 숨을 쉬고 개운함을 가진 것을 느낀다. 창가에 있는 식물이 더 파릇해 보인다. 밖으로 나와 빗자루를 집어 든다. 세상을 가득 채운 눈을 길 양옆으로 쓸어간다.

빗자루질을 시작한지 얼마 지나지 않아 조금씩 땀이 난다. 송골송골 올라오는 열기가 느껴진다. 첫 번째 만나는 고비다. 귀찮아지고 땀도 나는데 여기까지만 할까 하는 마음이 일어난다. 잠시 멈추고 남은 길을 보니 막막하다. 그리고 뒤를 돌아보니 양옆으로 펼쳐진 빗자루질 결이 참 곱다. 내가 쓸면서 걸어온 길이 많진 않지만 비단결 같이 곱다. 그 안에 흘린 땀과 마음에서 일어났던 여러 가지 생각들이 쓸려나가 있음을 바라본다. 선무도 동작과 같다. 한 동작을 비단같이 만들어가려면 수많은 실패와 땀, 연습의 기나긴 시간이 들어있다. 그래서 공연을 할 때 움직임을 보면 그 사람의 기운과 삶이 어렴풋이 느껴진다. 그런 삶의 공감대에서 사람의 마음이 움직여 감동이 느껴지는 듯하다.

나는 다시 빗자루를 야무지게 집어 들고 쓸어나간다. 삶을 쌓아가듯이 쓸어가는 좌우 움직임에 집중해본다. 시간이 물처럼 흘러간다. 빗자루와 내가 한 몸이 된 듯 빗자루의 끝에 마음이 실려 있고 깨끗한 눈과 흙이 섞여 만든 고운 색을 바라본다. 깨끗한 눈을 쓸면 쓸수록 마음이 가벼워지는 느낌이다. 빗자루를 잡고 있는 손끝과 빗자루 끝이 마주한다. 어느새 공양간 삼거리까지 내려왔다. 나는 잠시 멈췄는데 어디선가 빗자루 소리가 계속해서 들려온다. 일주문에서부터, 법당에서부터 눈을 쓸면서 오는 수련자의 숨소리가 빗자루 소리에 담겨온다. 그 소리에 마음이 한결 더 따뜻해진다.

삼토식

몸과 마음을 맑게

삼토식, 세 번 내뱉는다는 뜻인 삼토식 호흡법은 선무도 수련 시 처음과 마무리에 늘 하는 호흡법이다. 코끝으로 숨을 깊게 들이쉴 때 들어오는 맑은 기운이 온몸 구석구석에 전달되고 내쉴 때는 이와 이 사이로 '츠' 소리를 내며 내쉰다. 이 '츠' 소리와 함께 몸에 있던 탁한 기운을 다 내뱉는다.

실내에서 창문과 문이 오랫동안 닫혀있는 상태에서 하루 종일 생활을 하면 그 안의 공기는 탁해지기 마련이다. 이 때 우리가 할 수 있는 것은 창문을 열고 환기시켜주는 것인데 삼토식 호흡법은 이와 같이 우리의 몸을 맑게 정화시켜주는 호흡법이다. 먼저 몸의 균형을 잡는 동작 후 삼토식을 하게 되는데 방법은 다음과 같다. ➡

삼토식

①

반가부좌 자세로 자리에 앉고 허리를 반듯하게 펴고 어깨와 가슴의 긴장을 풀고 편안하게 내려놓는다.

②

숨을 들이쉬면서 양팔을 편다.

③

내쉬면서 왼쪽으로 숙이고 다시 들이쉬면서 본래 자리로 돌아온다.

④

내쉬면서 오른쪽으로 숙인다.

⑤

양팔을 등 뒤로 깍지를 끼고 들이쉰다.

⑥

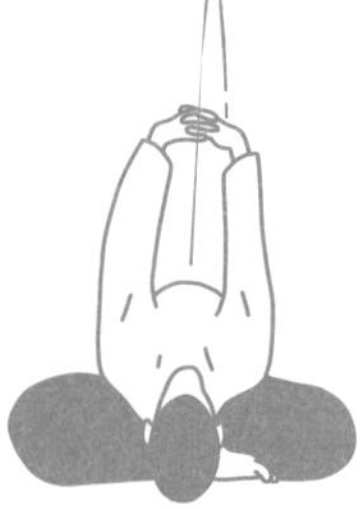

내쉬면서 상체를 앞으로 숙인다.

⑦

다시 상체를 일으키고 양팔을 무릎 위에 올려놓는다.

⑧

고개를 뒤로 넘기면서 숨을 들이쉬고 내쉬면서 본래 자리로 돌아온다.

⑨

아랫배 앞에 선정인을 한다.

⑩

코로 숨을 들이쉬고 이와 이사이로 '츠' 소리를 세 번 내쉰다.

이렇게 앉아서 몸의 균형이 한쪽으로 치우치지 않도록 이 동작을 하고 나서 삼토식을 한다. 삼토식을 하고 잠시 그대로 앉아서 호흡을 바라본다(세 번을 다 내뱉고 나면 이후는 호흡에 소리가 나지 않도록 코로 호흡한다).

나오며

다시 일지를 쓰며

지금 나의 수련이 이어지고 있는 곳은 충주 숲속에 있는 명상치유센터 '깊은산속옹달샘'이다. 우리나라의 대표되는 명상센터이며 생활명상을 세계적으로 펼쳐나가고 있는 깊은산속옹달샘의 여러 가지 프로그램 중 나는 '선무도워크숍'과 명상의 기본인 '몸풀기 마음풀기', '옹달샘요가', '통나무명상', 아이들과 함께하는 '깊은산속링컨학교', '인창캠프' 등의 명상프로그램을 진행하고 있다.

다양한 프로그램 만큼 다양한 참여자들을 만나는 일은 늘 잔잔한 긴장감이 뒤따른다. 자연히 일념으로 몸에 추를 두게 된다. 깊은산속옹달샘에서 쉼터로서 참여자들이 불편하지 않도록 준비에 정성을 들이는 모습을 관심있게 보고 배우게 된다. 준비물 갖추는 일 또한 큰 수련임을 새삼 느낀다. 프로그램 참여자들이 뭔가 자유롭고 안심하는 단계로 시작해서 자신을 만나는 깊은 명상 수련으로 이어지게 하는 일 또한 생활 속에서 맞이하는 준비와 정성이 기본임을 실감한다. 선무도 시연 때 열심히 수련하면 몸에 자신감이 붙듯이 준비하는 힘은 자신감과 맞물려 있다는 생각이 든다.

방학 때면 청소년을 위한 프로그램인 '깊은산속링컨학교'가 열린다. 고도원님의 '꿈너머꿈' 특강을 듣고 '2분 스피치'를 작성하는 첫 날, 아이들은 반짝이는 눈빛으로 팀으로 나누어 선생님들의 지도를 받으며 '2분 스피치' 원고를 써나갔다.

"선생님, 선생님은 꿈이 뭐예요? 꿈을 이루셨어요?"

어디부터, 무엇부터 시작을 할지 모르겠다고 한 아이가 갑자기 나에게 질문을 던졌다. 아이의 질문을 듣는 순간, 날 감싸고 있던 무언가가 깨지는 것처럼 느껴졌다.

"내 꿈은…… 선무도를 통해 많은 사람들이 자신을 찾는 명상의 길을 함께 가는 거야. 그 중 하나가 너희들과 같이 어린 학생들의 몸과 마음을 맑고 밝게 키워주는 일이야."

나는 당황하는 마음을 애써 감추며 아이의 물음에 어색하게 답은 했지만, 아이의 질문은 계속해서 머릿속에 남았다. 아이에게 대답할 때의 어색함은 뭔가 낯선 느낌이기도 하고, 까마득히 잊고 있던 것을 되찾은 느낌 같기도 했다. '내 꿈이 뭐였지?' 생활에 묻혀 바쁘다는 핑계로 수련을 게을리 하며 언제부턴가 놓치고 있던 수련일지가 떠올랐다.

골굴사 수련시절 3단 심사를 앞두고 수련할 시간이 부족해서 고민하다 생각을 바꾸어 내가 있는 모든 곳을 모조리 수련장으로 만들었던 그 시간이 떠올랐다. 그렇게 하는 순간 하고 있는 일에도 집중을 더 잘 할수 있었고 내 앞에 벌어진 모든 상황이 수련임을, 결국 삶이 곧 수련이라는 깨우침이 있었다. 나는 틈나는 대로 도복을 챙겨들고 수련을 시작했다. 그 후 아이들과 함께하는 시간이 더욱 즐거워졌다. 그럼에도 다시 게으름이 찾아올 때면 그때 아이의 질문을 생각하며 발걸음을 수련하는 곳으로 옮겨갔다.

오늘 다시 수련일지를 적으며 하루를 마무리한다. 수많은 관계 속에서 스토리만 다른 '어색함, 낯설음, 놀램, 두려움, 불안'을 만난다. 선무도 수련과 이 느낌은 어떤 관계일까. 나에게 묻는다.

나는 오늘도 수련하러 갑니다

초판 1쇄 발행 | 2018년 9월 9일
초판 2쇄 발행 | 2018년 11월 7일

지은이 | 김재덕
그림 | 김태훈
펴낸이 | 이정하
디자인 | 안미경

펴낸곳 | 스토리닷
주소 | 서울시 서초구 방배동 934-3 203호
전화 | 010-8936-6618
팩스 | 0505-116-6618
ISBN 979 -11-88613-05-2

홈페이지 blog.naver.com/storydot
SNS www.facebook.com/storydot12
전자우편 storydot@naver.com
출판등록 2013. 09. 12 제2013-000162

이 도서의 국립중앙도서관 출판예정도서목록(CIP)은 서지정보유통지원시스템 홈페이지(seoji.nl.go.kr) 와 국가자료공동목록시스템(nl.go.kr/kolisnet) 에서 이용하실 수 있습니다.
CIP제어번호: 2018026571

스토리닷은 독자 여러분과 함께합니다.
책에 대한 의견이나 출간에 관심 있으신 분은 언제라도 연락주세요.
반갑게 맞이하겠습니다.